Biografi

Anna - Ruth

MIX
Papir fra ansvarlige kilder
Paper from responsible sources
FSC® C105338

Lone Birgitte Bavnhøj

Anna - Ruth

Fortællinger og erindringen om mit liv

Livstræet maleri af Anna-Ruth, 1982

Mange tak til:

Svend Laustsen og Poul Erik Hansen for gennemlæsning og god kritik;

Familie Thomell: Anna, Boel, Thomas for kontakt og billeder

Grandkusine Kirsten Bilde (Kis) for at bidrage med gamle fotos;

Maria Jakobsen for idéforslag med tekst;

Anita Zacho Villadsen for korrekturlæsning;

Eva Janke for grafisk design og layout.

1. udgave

Korrekturlæsning: Anita Zacho Villadsen

Forlag: BoD · Books on Demand GmbH, In de Tarpen 42,

22848 Norderstedt, Tyskland

Tryk: Libri Plureos GmbH, Friedensallee 273,

22763 Hamborg, Tyskland

ISBN: 978-87-4305-758-1

Indholdsfortegnelse

Jeg tæller nu'et, jeg tæller tiden - om lidt
er nu'et for længe siden.

Mor Sine & datter Anna-Ruth

I anledning af Anna - Ruth's 90 år dag, 2021

Mor Anna-Ruth & datter Lone Birgitte Bavnhøj

Forord

Anna-Ruths erindringer og beretninger kom til, - da jeg som datter, opfordrede min mor, til at nedskrive alle de mange gode erindringer og episoder, hun har haft i sit liv.

Et spændende og måske også på mange måder et' lidt anderledes liv, end de fleste, - med en opvækst på et' missions- hotel og hvad det bragte med sig?

Som fortæller har min mor, altid været spændende og eminent. Hun har gerne husket helt ned i små detaljer, omkring specielle episoder.

I sit voksne liv, har Anna-Ruth holdt flere foredrag, i forsamlinger om sit liv og levned. Altid med stor ros og interesse fra publikums side.

Via bøger og tidsskrifter har Anna-Ruth også deltaget med mindre afsnit.

Således, kan der forekomme gentagelser i bogen, her.

Med bogen 'Anna-Ruth' - har tanken været, at føre læseren ind i begyndelsen af 1940'erne - hvor netop 2. Verdenskrig var på sit højeste og Danmark var besat af tyskerne.

Det, at vokse op og bo en stor del af sin barndom på et Missionshotel i Herning - hvor Anna-Ruth som enebarn, alligevel beskriver det, som en barndom, der var fyldt med liv - og selvfølgelig, altid med mange mennesker omkring sig. Altså langtfra kedeligt.

Selv tror jeg, at mor - og også min far, har været drivkraften i vores liv - til at ting skulle kunne lykkedes, at være vedholdende samt at planerne gennemføres. Derfor, har det også være væsentligt for mig at udgive bogen 'Anna – Ruth' hvilket har været en lang og spændende proces. Ved siden af det arbejde, har jeg allerede afholdt flere foredrag omkring bogen.

Bogen kan derfor have stor historisk interesse for mange læsere. Ligesom familie og efterkommere kan opfatte bogen, som forhåbentlig - en fornøjelig slægtsbog.

Bogen er derfor dedikeret til alle Anna-Ruths børnebørn og -oldebørn.

november 2024
Lone Birgitte Bavnhøj

Stuen, Jagtvej 79, København

1. Mine oplevelser, som barn - omkring min farmor og farfar

Mormor & morfar

Knudmine og Jens
Peder Nielsen

Farmor & farfar

Anna Hulda Elise (f. Michelsen) og
Peter Theodor Petersen

Mor

Nielsine Nielsen
(kaldet Sine)

Far

Einer Peter
Petersen

Lille Anna-Ruth
med forældre

Anna-Ruth's familietræ

Jeg tror, de fleste mennesker gør sig nogle tanker og ideer om begrebet bedsteforældre. Det er søde rare mennesker, som et' barn kan have det rart og hyggeligt med, - ja, sådan et' rigtig varmt og trygt forhold.

Det ene hold af mine bedsteforældre, altså på min mødrende side, har jeg jo af gode grunde, aldrig kendt. De var døde 10 - 11 år, før jeg blev født.

Min mors store familie

Knudmine Nielsen (Min mormor)
Født 16. 11 1852 i Kokborg, Thyregod
Død 22. 05. 1920 i Stilbjerg, Ringive
Blev 18.10.1875 gift med Jens Peter i Thyregod Kirke

Jens Peter Nielsen (Min morfar:)
Født 10.01.- 1848 i Nordvig, Nørre Snede
Død i Stilbjerg, Ringgive 30. 08. - 1920
Blev 18.10. 1875 gift med Knudmine i Thyregod Kirke
Da han ville fri til hende - kom han ridende på en ganger/en hest - med flotte sølvsporer på støvlerne!

Deres børn - bemærk mine forældre v/stjerne:

Kirstine Nielsine Petrine Nielsen
1876 til 1944, ugift, bestyrereinde på KFUM, Grindsted.
Katrine Nilsine Nielsen
1879 til 1915, gift med Thomas Eskildsen, gårdejer i Grene ved Billund
***Nielsine Nielsen (kaldet Sine)**
1883 til 1959, gift med assurandør *Einer Peter Petersen, 1894 - 1970
Sammen drev de Herning ny missionshotel.

Knud Nielsen
1885 til 1960 gårdejer i Tapdrup gift med Andrea Nicoline Nielsen, 1878 til 1941.
Peder Nielsen
1888 til 1949 soldat i 1911 i Viborg ved 29. bataljon. Møller i Filskov, uddeler i Mårslet Korn & Foderstofforening, gift med Petrea Hansen 1888 - 1953.
Johannes Nielsen, 1891 - ?
Gårdejer & murer i Grindsted, ugift.
Marie Nielsen, 1894 - ?, ugift.
Kristian Nielsen, 1896 - 1970. Dragon ved 3. Regiment i Aarhus og ved grænsebevogtningen, Maskinhandler i Ringsted - gift med Kamilla **Bendixen** 1898 -1942.

Jens Peter Nielsen, morfar var landbrugsuddannet, overtog i 1875 sin fødegård Østergård, Nortvig - som var en stor proprietærgård og blev stykket ud i 3 mindre gårde. Der havde været velstand i denne familie. Morfar solgte senere Østergård og parret flyttede til Elkjær Mark 1886-91.

Senere igen, flyttede de til Stilbjerg Banegård ved Filskov, hvor Jens Peter drev Mergelgravning og til slut et lille teglværk. Under 1. Verdenskrig, var der desuden omfattende tørve -og brunkuls gravning.

Hvorfor det hed Stilbjerg Banegård 'Æ' Banegård' - var fordi, der havde været et baneanlæg - med lille lokomotiv og tippevogne, som transporterede Mergel (en særlig kalkholdig lerjord, til jordforbedring af marker til korndyrkning) - sandsynligvis helt til Grindsted.
Til gården, hørte også 'et mosebrug' - hvor der ofte var en flok på 20 mand, som arbejdede med tørve -og brunkålsgravning. De sov ude i Laden, men fik kosten på Banegården. Så der var travlhed i køkkenet, hvor også moster Kirstine hjalp til.
Et' helt pensionat, skulle mormor, ha' skrevet på et' tidspunkt til min mor.

Mormor var også flittig, til at gå ud med 'Barselskrukken'. Det var almindelig skik, at nabokonerne kogte mad til en' barselsfamilie, når barselskonen lå i sengen - ofte hele 9 dage, efter at hun havde født.

Men min farmor og farfar havde jeg, bestemt ikke omtalte forhold til. Det var nærmest for mig, et' skrækforhold, for 'der' var alt, absolut, 'af den gamle skole', altså meget strikt. Det er muligt at de havde hjertet på det rette sted, som man siger. Mine bedsteforældre, på Jagtvej 79, København, - var ikke sådan nogle, lige henvendte sig til.

Farmor og farfar, som jeg med mit børnesind oplevede dem

Tit tænker jeg tilbage på min barndomstid med konstante 'samvittighedskvaler' - for jeg var i den grad opdraget til, at skulle sige: be'be' (når man havde gjort et' eller andet, som ikke var helt 'okay'?) - være 'en god pige', altid sige tak for i dag/ tak for mad, neje for folk, give den rigtige hånd, når man hilste på folk eller sagde tak for en' ting, man havde fået, spise pænt, sidde ordentlig ved bordet osv.

Farmor og farfar, 1939

Alligevel fik jeg en overhaling af farfar og farmor - ja det var nok farfar, der førte ordet overfor mig - om, at man som seksårig, havde fået syet korsting på de små servietter farmor og faster Lise, havde sendt over til os, - over at man **ikke** kunne drikke ordentlig af et' glas, - at man ikke hjalp fætter Jørgen og kusine Kis, med at klippe pap påklædningsdukker og soldater ud? At jeg kiggede i en stabel gamle 'Blæksprutter'/tegninger med karikaturer af politikere mv. - **uden** først at have spurgt om lov!

Nå, - det var alligevel altid meget sjovt at komme på besøg i København, hvor alt var nyt og spændende og også lidt mystisk. Men rigtig, at elske farmor og farfar - det kunne jeg ikke rigtig gøre som barn.

Jeg skulle også skrive over til dem, og meddele mine skolekarakter og fik så sendt karaktererpenge tilbage, fra dem! Det var jo en del brugt, dengang - at man fik 'karakterpenge'. Hvilken scala, vi 'gik efter' - husker jeg så ikke.

Engang husker jeg også, - at vi var gået til 'Assistens Kirkegården' på Kapelvej i Kbh. med farfar. Så var der nogle drenge, der var igang med, at kravle, på noget murværk eller gitter - der ved kirkegården. 'De' bliver rigtig nok 'pillet ned' med farfar's stok - imens han **skældte** dem ud. Det var lidt ubehageligt, for mig - at han sådan optrådte 'som politi'.

(Men egentlig har det nok ligget 'lidt, til familien, - da både min egen far, også kunne være noget bestemt og 'bøs', hvis tingene ikke ' lige var efter bogen' - og samme facon/måde, brugte jeg som også tit, i mit voksne liv).

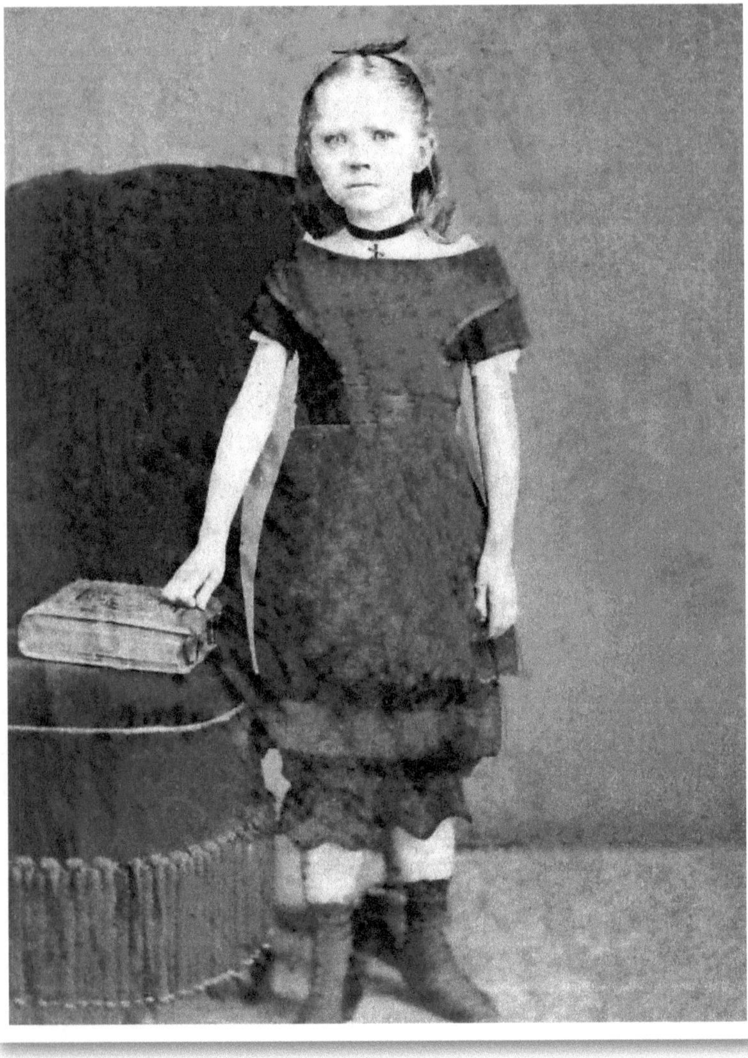

Anna Hulda Elise Michelsen som barn, ca.1875

Farmor Anna som ung på Fælleden

Om min farmor, Anna

Om min farmor, Anna, husker jeg ikke særlig meget andet end det, at jeg gerne synes, at hun virkede, noget sur i det.

Kusine Kis, har siden fortalt **at** det nok var fordi, at efter at parret, havde fået de børn, de skulle ha' – levede de rimeligt adskilt, hvad det seksuelle angik - som 'en form for Præventation' **og** at det nok havde været denne omsorg, - farmor, havde manglet, derefter - at hun generelt var lidt 'trist' i det - konkluderede Kis, med sin altid kendte latter.

Det var muligvis også farmor, der foranledigede de forskellige 'formaninger' videre til farfar, hvor han så skulle skælde ud over et eller andet, overfor os. Mig kaldte farmor, gerne for Kis, - til min store fortrydelse. Kis, fortalte mig, at farmor, som gjorde akkurat det samme overfor for hende, - altså kaldte Kis, for Anna-Ruth. I dag, ved vi jo godt, at sådanne 'talefejl' - kan forekomme, ikke?

Farmor var en lille, kraftig kone, klædt i lange kjoler, som enten var sorte el. mørkegrå. Hun strikkede næsten altid hvide flotte Knæstrømper med hulmønster i', til mig. Dem kunne jeg faktisk rigtig godt lide at gå med, men det gjaldt også om, at have de' strømper på, når vi enten fik besøg, af farmor og farfar, eller eller når vi skulle over på besøg, hos dem.

I 1939, var vi til mine bedsteforældres guldbryllup. Jeg havde til den lejlighed digtet en lille sang. Det var da faktisk flot gjort af en otte årig pige, ikke?

Farmors og farfars guldbryllup, 31.11.1939

Bageste række fra ventre: Immanuel Petersen og Gitte, min mor Sine og far Einer, min fætre Mik, Johs og kusine Else, og endelig pastor Johannes Petersen (onkel Johannes).
Foran: Elisabeth Petersen (faster Lise), farmor Anna, fætter Jørgen, kusine Kis, mig, farfar P.Th.Petersen, Dorthea Clemensen (tante Dot) med Bendt på skødet.

Til F a r f a r og F a r m o r.
===================================

--ooOoo--

<u>Mel.</u>: "Som en rejselysten Flaade".

Nu er Efteraaret inde
og nu er vi tæt ved Jul,
og blot om vi kunde vinde
Vaar og Sommer af sit Skjul.
    Kære Farfar og Farmor,
nu vil vi i denne Stund
    ønske jer til Lykke!
Tak! vi si'r af Hjertens Grund,
Tak! for alt, hvad I har gjort!
Tak for "Bukseknapper"!

Mens vi sidder her i Salen,
og vi synger denne Sang,
vi har hørt saa megen Talen,
for det er kun denne Gang,
    kære Farfar og Farmor,
som Guldbrudepar vi kan
    ønske jer til Lykke!
Tak ! vi si'r af Hjertens Grund.
Tak ! for alt, hvad I har gjort!
Tak, for "Bukseknapper".

ARP

Min lille sang til mine bedsteforældres guldbryllup.
(Anna-Ruth, Petersen)

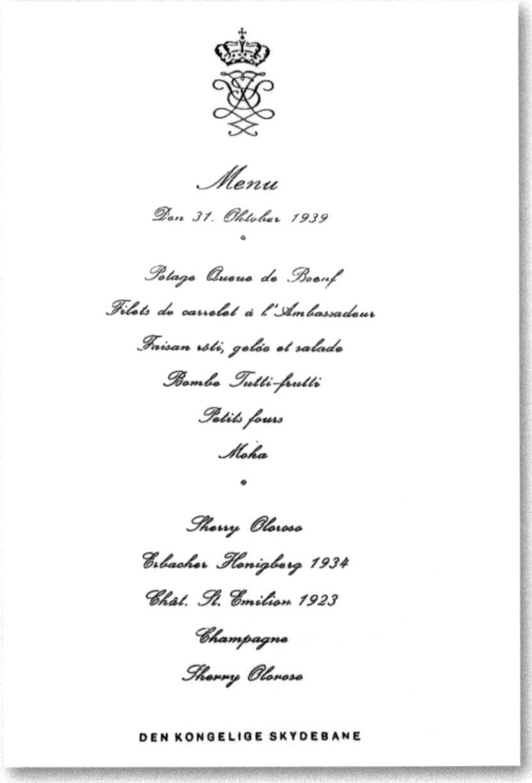

Menu

Den 31. Oktober 1939

Potage Queue de Boeuf

Filets de carrelet à l'Ambassadeur

Faisan rôti, gelée et salade

Bombe Tutti-frutti

Petits fours

Moka

Sherry Oloroso

Erbacher Honigberg 1934

Chât. St. Emilion 1923

Champagne

Sherry Oloroso

DEN KONGELIGE SKYDEBANE

Menukort på fransk ved farmor og farfars guldbryllup på Den kongelige Skydebane

Københavnerturene, var nu rigtig spændende...

Når vi tog toget til København, fornemmede man straks atmosfæren, når man steg ud af toget, fra Herning.

Vi blev altid modtaget og hentet af faster Lise, - hvor vi fortsatte i en taxa, ud til Jagtvej 79 - som i dag hedder 115. I taxaen forærede Lise mig, en' af gangene, en lille dukke. Den blev jeg rigtig glad for, det var sødt af Lise.

Noget, som især dengang optog mig var, de fine forretninger som stormagasinerne, 'Magasin'. Hvor det var en' fryd, at køre op og ned med elevatoren, - få 'snakket' med julemanden som jeg faktisk ikke rigtig kan huske - om jeg 'troede på', eller at jeg bare fandt det hele så spændende?

Senere, da jeg blev lidt ældre, mindes jeg med glæde, teaterbesøgene i 'Det Kongelige Teater'

Det gjorde et' stort indtryk for mig at se f.eks. teaterstykket, 'Elverhøj', blive opført!

Ved vores mange besøg på Jagtvej, havde mor gerne medbragt en masse god mad, hjemmefra - som især, farfar nød. Min mor kunne nok tillade sig en hel del mere end øvrige familiemedlemmer, overfor ham.

Således, kunne hun også være lidt drilsk, overfor farfar. Engang ville han netop, lidt skælmsk grinende i skægget, - 'balancere' på sin gaffel, en' hel fin æggeblomme fra sit spejlæg og som på en' gang, som skulle ind i munden. Øjj, ned på tallerkenen, kuldsejlede æggeblommen - og forsøget, mislykkedes. Det morede mor sig kosteligt over. Det kunne lade sig gøre, for mor - det var nok ikke blevet 'tilladt' af de øvrige i familien.

Min far havde en svag krumning på næseryggen, noget som min mor for øvrigt synes klædte ham.

Det kom sig af, at farfar i børnenes barndom, - havde ligget på gulvet og tumlet med sine drenge, vel i kåd leg? Det var gået lidt voldsomt til, og farfar, langede ud mod en' af dem, hvor han så kommer til, at brække næsen på min far! Episoden her, kan måske også vise andre bedre træk hos min farfar, - nemlig at han i sin yngre dage, kunne give sig hen i leg med sine børn.

Kontorchef P. Th. Petersen - min farfar

Farfar, havde fødselsdag, 2. januar. Til den dag, havde han indkøbt nogle bittesmå orientalske, kinesiske og japanske figurer, - inde i de der' Kinabutikker, der fandtes på Strøget.

Figurerne, - havde farfar, meget forsigtigt puttet ind i store valnødder, som han først forsigtig havde skilt ad, fjernet nøden deri' og erstattet den med en' af de fine små figurer, - som fikst var indsvøbt i fint lyserødt silkepapir. Bagefter havde farfar, så fint, limet de 2 skaller sammen igen. Det var naturligvis spændende og sjovt. Her viste farfar, altså også sin kreative side, som flere i familien havde. Spillet 'Filippine' spillede vi og hvis vi fik en' nød - i spillet, som viste hele 2 nødder, gav det den 'særlige' nød.

Sølvbryllupsbillede 31.11.1914 med Lise, farmor, farfar, Immanuel, Einer (min far) og Johannes

Farfar P.Th.Petersen spiller orgel i hjemmet, mens farmor Anna og sønnen Immanuel lytter

En' begivenhed, står nu bagefter, i et' særligt lys for mig, - måske fordi den var så aldeles gruopvækkende, dengang. Den medførte megen gråd og angst, men nu forekommer episoden mig, temmelig morsom.

Vi skulle på Jagtvej, alle sammen ud til et' eller andet, senere på aftenen, - så jeg skulle 'sove til middag', inde på 'pigeværelset'. Det blev værelset kaldt, trods det at familien, **aldrig**, - havde haft ung pige, i huset. Farmor var hjemmegående og hende, der jo så tog sig af alle de hjemmelige sysler.

Nå, men - jeg fik 'nykker' og tog min kjole af, sov så i min underkjole, - man skulle da også være 'en fin dame' - så jeg låste døren. Men ak og ve', jeg vågnede brat op ved, at det buldrede på døren. Det var far, der kom og skulle ind på værelset, for at barbere sig, - gøre sig klar til aftenen. Måske havde jeg taget nøglen ud af nøglehullet - jeg ved det ikke. Umuligt, var det i hvertfald for mig, at få døren op igen. På den anden side af døren, stod far, mor og farfar. De skældte og smældte voldsomt.

Min far talte nu lige pludselig, beroligende til mig igennem døren. Det samme gjorde han også, til mor og farfar, - for, senere har jeg fået fortalt, at de lige pludselig, var blevet bange for, - at jeg i desperation over ikke, at kunne komme ud fra værelset, - fandt på at gå hen til vinduet og der gør, et' eller andet forfærdeligt.

Farfar og farmor med Lise og Johannes, ca. 1893
Bemærk - dengang var også små drenge i kjole

Selvfølgelig tudede jeg i vilden sky, - men tilsidst må jeg alligevel, ha' fået lirket døren op med nøglen: for på en eller anden måde, kom jeg ud igen (nok med far's anvisninger igennem døren). Jeg tror nok, at jeg kom ind i begge mine forældres beskyttende favn.

Alle mine beskrivelser, af mine bedsteforældre og livet hos dem, viser jo ret tydeligt, hvad der bundfælder sig i et' barns erindringer. Man skal være ret varsom, - altså handle med megen omtanke, når man omgås 'små mennesker', ikke? Det forhindrer mig så ikke i, som voksen, at kunne undskylde dem, til en vis grad.

Mine bedsteforældre, handlede efter deres bedste overbevisninger, deres holdninger, og desuden, 'den tid' og måden de nu engang, levede på. Faktisk, kan jeg godt have haft lidt ondt af dem, - da farmor og farfar, - ligesom ikke havde sat sig rigtig ind i, hvordan de bedre kunne ha' håndteret' f.eks. deres yngste børnebørn.

Mine ældre fætre, Mik og Johs. - havde så meget 'bedre ting' at tænke tilbage på, omkring Jagtvej. Det har de sidenhen fortalt på et' tapebånd, jeg har - hvor de skønt, fortæller kun godt om farmor og farfar. De 2 - var jo også drenge - og tilmed de ældste, i flokken af børnebørn. Drenge, betød bare specielt meget hos farmor og farfar.

De positive træk, hos farfar, kan jeg godt værdsætte, det være sig hans dygtighed til at skaffe sig en sikker stilling og position i livet - som Revisor Kontorchef - ligesom han var en meget aktiv Søndagsskoleleder, i mange år - samt Æresmedlem ved 40 år's jubilæet, indenfor D.F.K.M.

En helt anden, end den' tilværelse, han oprindeligt kom nemlig fra meget små kår.

Hvordan han også senere, på flere måder, hjalp sine mindre heldige søskende. Det er da noget man må respektere og slet ikke underkende. Men retlinet og hæderlig, det var han sikkert alle dage. Derfor kan det sikkert som person, være ekstra svært, at tolerere - når nogen andre, ligesom skejede lidt for meget ud.

Det er vel også derfor, at der trods alt, står denne respekt omkring Peter Th. Petersen, som der gjorde, - både i' - og udenfor familiens kreds. Farfar, blev skam også, udnævnt til 'Ridder af Dannebrog' og modtog Ridderkorset!

Det forhindrede så ikke det, at hr. 'Petersen'- var noget af en' hustyran/patriark, derhjemme i familiens skød.

Medarbejdere ved Sankt Paul Sogns søndagsskoler 1891. Farfar, ses i midterrækken lidt til højre for midten. Farmor sidder lige modsat farfar - hun deltog som medarbejder i en kort periode.

Slutteligt, vil jeg citere, min svigermor, Johanne Louise Bavnhøj, - som var vores børn's farmor.

Hun sagde lige der', noget meget klogt:

'Jeg vil ikke mindes, som en sur gammel bedstemor!' Så det må vi jo alle prøve at tage ved lære af, mht. omtalte forskellige holdninger.

Alt det negative, kan jo også lære os noget om, hvordan vi ikke skal bære os ad, især overfor vores børnebørn og oldebørn.

Det skulle helst blive til gavn og glæde, for alle parter, ung som ældre, imellem.

Farmor og farfar på parkvandring ca. 60 år gamle - ser vel ældre ud end nutidens folk, på samme alder
Kbh, ca. 1930

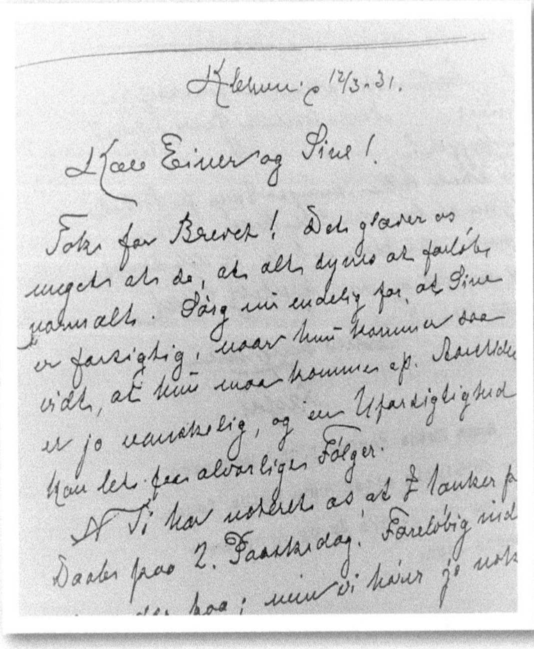

12/3.31.

Kære Einer og Sine!

Tak for Brevet! Det glæder os meget at se, at alt synes at forløbe normalt. Sørg nu endelig for, at Sine er forsigtig, naar hun kommer saa vidt, at hun maa komme op. [illegible] er jo vanskelig, og en Uforsigtighed kan let faa alvorlige Følger.

Vi har udsat os at I tænker paa Daaben paa 2. Paaskedag. Foreløbig [illegible]

Et omsorgsfuldt brev fra farfar, som viser bekymring omkring min ankomst (kilde: fra Hans Jørgen's 'Min jyske familie')

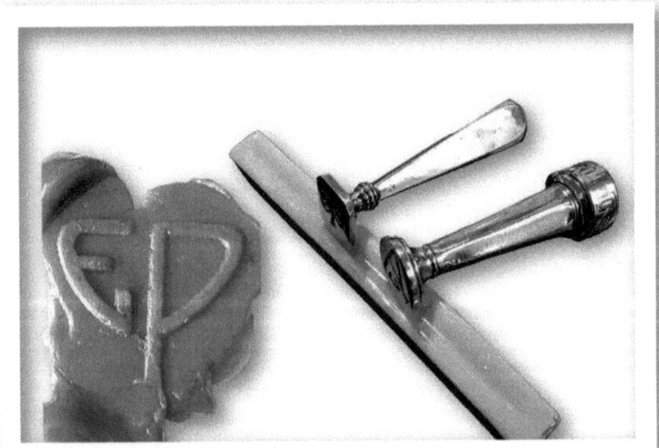

Signet tryk - Einer Petersen

Farmor og farfar, 1939

Min farfar i midten med den sorte hat og familien, er samlet efter min farmors begravelse i præstegården. Far står bagved med sin sædvanlige pibe.

2. Omkring min mor

Anna-Ruth og mor Sine

Min mors pigenavn var Nielsine Nielsen. Hun blev født den 12. oktober, 1883 på Nortvig Østergård, Nørre Snede ved Tørring. Mor døde 5. juni 1959, hvor hun til sidst ikke havde noget sprog, lidt trist var dette. Far passede hende i hjemmet, sammen med en husbestyrerinde og plejen, i Vejle.

I mors familie, havde de været en børneflok på 11 børn, med 2 af børnene døde, da de var helt små, har min mor fortalt. Om de var dødfødte, eller kun levede i kort tid, ved jeg ikke - de har heller ikke været omtalt i kirkebogen.

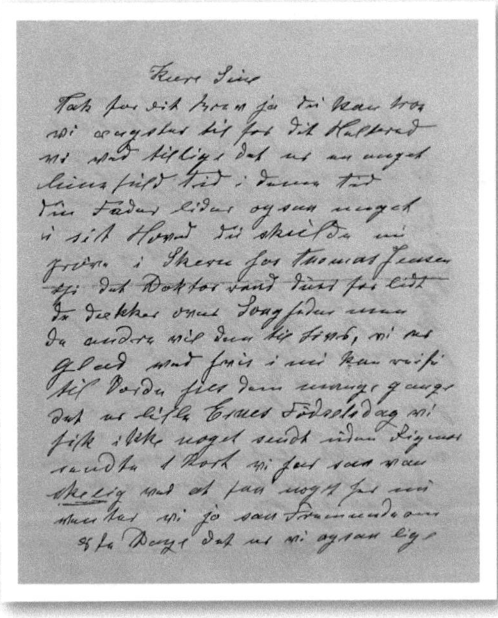
Kære Sine
Tak for dit Brev [illegible] kan tro
vi [illegible] for dit [illegible]
[illegible]
[illegible] Tid i denne Tid
din Fader lider ogsaa meget
i sit Hoved [illegible]
[illegible] i Skern for Thomas Jensen
[illegible] Doktor [illegible]
[illegible] Svigerfader [illegible]
[illegible]
[illegible]
[illegible]
[illegible] Fødselsdag vi
fik ikke noget sendt [illegible]
sendte 1 Kort vi [illegible]
[illegible]
[illegible]
[illegible] det er vi ogsaa lige

Et af de få ting, der er fra min mormor - et brev til min mor

Det er i det hele taget ikke meget, eller rettere intet, jeg ved omkring min mor's forældre. De var jo selvsagt døde, da jeg kom til verden. Desuden fortalte min mor intet omkring dem og jeg spurgte hende heller ikke ud, da jeg blev større og voksen. Det ville jeg nok have gjort, idag.

Det lidt jeg så ved, er noget jeg senere har fået at vide, igennem min ældre kusine, Rigmor.

Indre Missionsk og tro imod dette

Min mors hjem var præget af Indre Mission, trods dette, var det ikke nogen streng 'sort' stemning, der prægede hjemmet. Der var hos dem, meget åbent og gæstfrit. Helt sikkert med megen morskab, lystighed, lune og humor, for det var noget som var **meget** karakteristisk for min mor samt de fleste af hendes søskende.

Det religiøse lå alligevel, som noget 'sort'/alvorhedsfuldt som gjorde sig gældende hvad angik dans, kortspil, sminke mv. Et' enkelt glas til selskaber kunne lade sig gøre – udover dette, kom betænkelighederne, som generelt Indre Mission havde så travlt med, at præcicere.

Sammen med sine 2 brødre/min morbrødre, kunne min mor lave megen spas og ballade. Især spøg til nytår, kunne de sammen finde på, at lægge **kogte** æg over i hønserederne hos naboernes høns, - lave en' stor stråmand, fyldt ud med halm og påklædt med rigtigt tøj. Derefter stille 'ham' ved siden af en trillebør ved stalddøren - så pigerne blev helt skrækslagne, når de kom derud, tideligt på morgenen, for at malke alle køerne.

Min mormor skulle også ofte ha' sagt til min mor: 'Hva' skal der dog blive af dig, Sine? For der var et par storesøste, Kirstine og Kathrine, som allerede, havde præsteret noget godt og var ret så dygtige.

Mor var længe om at blive 'moden' og voksen

Endelig fortalte min mor mig, at hun var længe om at blive voksen og også mht. det andet køn. At hun havde været forlovet med en Sønderjyde, han var 10 år yngre end hende - det skulle ha' været en' af årsagerne til, at mor brød forlovelsen. Min mor blev ellers ved med at have mange tilbedere, op igennem årene - indtil hun så traf min far på KFUM. Og han var jo sjovt nok, 11 år yngre end hende.

Det at være bevidst om sit eget selvværd, bevarede hun livet ud. Min far havde en større boglig uddannelse end hende, men som hun kunne sige: ' I klassen var jeg nummer to, men jeg var lige så dygtig som nummer et'.

En rigtig god fortæller var min mor også. Det at fortælle, brugte hun altid, når jeg blev madet af hende - på den måde, gled maden indenbords. Sagen var den, at jeg var en meget 'dårlig spiser' og for at få noget mad i mig, fortalte min mor mig, samtidig hjemmestrikkede historier om fee'er, nisser og skovtrolde. Der kunne være kommet nogle gode børnebøger ud af de historier.

Altid var det noget med, langt ude i skoven, en yndig lille bro over en bæk eller Å. Jeg elskede at høre de historier og sad med åben mund og store øjne - på den måde, gled maden faktisk indenbords, hos mig. I det kæmpestore køkken i kælderen på hotellet, foregik det, gerne. Der var altid lunt og godt. De 4 unge piger, var der også, husker jeg.

Mor kom på Børkop Højskole

Børkop Højskole begyndte min mor på, som helt ung. Derefter blev hun ung pige hos kandidat Madsen. Han havde en gård ved højskolen og var samtidig forstander på Børkop også. Små jobs havde mor også haft, bl.a. hos en provst og hans kone - hvor det var flere småbørn.

Blev økonoma

Derefter begyndte tiden på KFUM i Herning, - hvor mor blev økonoma og var på stedet, i næsten 25 år. I alt, havde min mor 8 piger, at have kommandoen over. Der var meget som skulle gøres, tænkes på samt tilrettelægges, hver eneste dag.

KFUM, Dalgasgade 11, Herning

Der var mange daglige pensionærer, hvoraf nogle også boede der fast. Desuden var der hele tiden extra arrangementer og fester. Når der var soldatersessioner i Herning – som gerne strakte sig udover 3-4 dage, blev mændene bespist på KFUM. De kom i hundredevis og fik bøf og rababergrød. Bøfferne behøvede ikke være kæmpestore, som mor sagde.

Nej, bøfkødet blev fladet godt ud - så de hurtigere kunne blive færdigstegte samt ’fyldte noget’ på en tallerken. ‘En bøf er en bøf!’- som min mor, sagde.

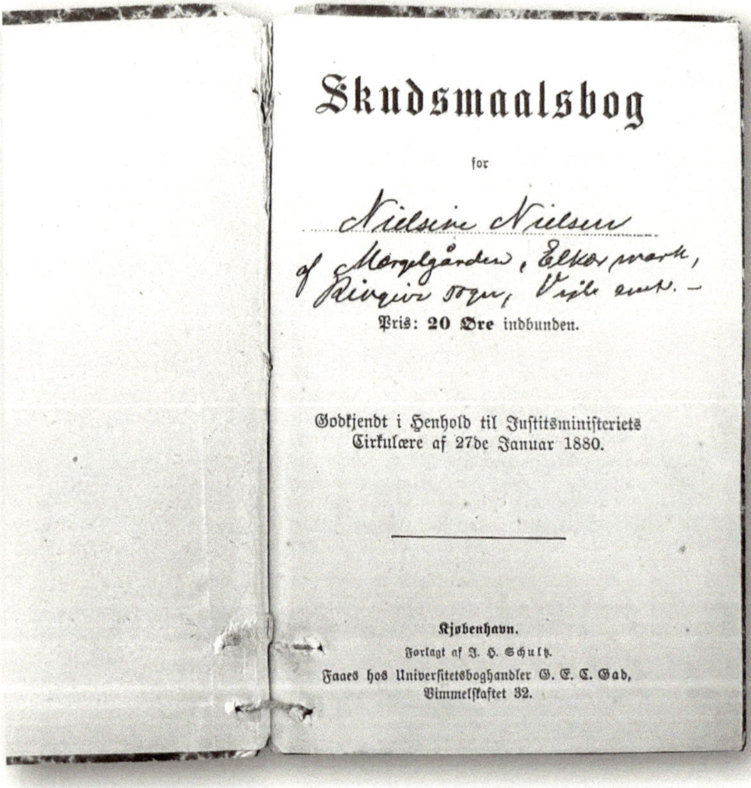
Skudsmaalsbog

for

Nielsine Nielsen
af Mørgelgården, Elkærmark,
Ringive sogn, Vejle amt. –

Pris: 20 Øre indbunden.

Godkjendt i Henhold til Justitsministeriets
Cirkulære af 27de Januar 1880.

Kjøbenhavn.
Forlagt af J. H. Schultz.
Faaes hos Universitetsboghandler G. E. C. Gad,
Vimmelskaftet 32.

Min mors skudsmålsbog

En ung flot sekretær kom til byen

Så kom min far til Herning, som sekretær på KFUM. Han var dengang 29 år gammel og min mor 40. Trods den store aldersforskel, bliver de rimelig hurtigt forelskede i hinanden. De var så forlovede i 3 måneder. Efter sigende, var der en form for misundelse blandt ungmøerne, at min mor, lige havde 'snuppet' den unge mand - som også så ret godt ud'.

Mor har siden fortalt, at da hun omkring det tidspunkt, kom ind i et' rum med andre kvinder, - var samtalen godt i gang, - men den forstummede pludseligt, når min mor trådte ind – altså formodede hun, at samtalen gik på hende og hendes nye forhold? Mor var jo en smuk og ikke mindst meget munter, kvinde. Alle har altid talt rosende omkring Sine, hendes altid gode humør og i det hele taget, positive tilgang til livet.

Mor Sine, som ung dame. Min far gik altid med en medaljon halskæde med fotoet i.

Den 16. maj i 1924 blev mine kommende forældre gift i Husby Kirke på Fyn. Det var oplagt, at det blev der, fordi min farbror Johannes Viggo Petersen, var præst i Husby. Her stod min mor jo selvfølgelig, for alt hvad der skulle til af mad mv. - til deres bryllupsfest.

En meget selvstændig dame, var Sine

Det at ha' været en selvstændig dame længe, som min mor, jo havde været - må ha' krævet en del samarbejde i det nye forhold – med min far? Mor havde indtil da, haft sin egen lille lejlighed med gode indkøbte møbler og malerier. Ligesom hun altid, havde fået syet sit tøj, hos den bedste dameskrædder i byen.

Min familie fortalte, at Sine havde været meget betænksom og gavmild, da hun selv begyndte at tjente gode penge. Da min far, sidenhen - solgte hendes damecykel, **uden** at forhøre sig først, hos hende, - blev mor ret så fortørnet, men som min far sagde, brugte hun jo den aldrig, men alligevel, ikke?

Mor gik gerne lange morgenture, i Herning med sin hund, Skot, ud ad Vejlevejen mod Trehuse, som vi sagde. Samtidig på turen, planlagde hun gerne div. indkøb, madretter osv.

Skot kom de dog af med, 4 mdr. efter min ankomst, da den var begyndt at savle og i det hele taget var blevet gammel.

Her er familien samlet på den store trappe på KFUM - Mor sidder med hunden Skot. Pigen bagved - med stor hvid sløjfe i håret, er kusine Ellen, ved siden af, er det kusine Rigmor.

Opsagt sat af stillingen, hvorfor?

Efter at jeg var kommet til verden, blev mine forældre 'sat af stillingen' som man siger, - på KFUM. Selv var de ret sikre på, at det skyldtes dette, at det ikke var velset med et lille barn på et sted som KFUM. Nu kom der en ny tid for os - hvor mine forældre som bekendt, startede 'Herning Ny Missionshotel' op.

Familie og personale på skovtur ca.1930. Mor sider med foldede hænder, far sider bagved med piben.

Familie -og personale på skovtur, da fars lillebror, Emanuel blev student det år. Her sidder han med huen på. Far sidder også på skrænten, med sin sædvanlige pibe. Ved siden af ham, sidder chaufførerne/hotelkarlene, i deres uniformer.

Mor sidder på tæppet, i midten, forrest, med foldede hænder. Ved siden af hende, sidder farmor med hvid hat og knapstøvler. Pigen der titter frem bag ved, er Rigmors søster, Stinne. I den hvide sommerkjole med en dåse på skødet, er Grethe, som jeg har haft kontakt med - især i mit voksne liv.

(Måske mor venter mig, allerede der - på det tidspunkt?)

Bemærk! Sodavandsflasker og trækassen og papir i græsset - er der helt sikker blevet ryddet op efter skovturen - et' af min fars gode principper.

Mor og kusine Rigmor i haven på KFUM.
2 damer smarte i datidens mode

Mor og fætter Jørgen som student, kommer glad spadserende.
Jørgen var altid så opmærksom og galant.

Mor og hendes lillebror i haven på Kolding Landevej

Her mor og far til deres sølvbryllup, den 16. maj 1949
på Kolding Landevej i Vejle

Anna-Ruth, far Einer og mor Sine

3. Omkring min fars liv

Udklædt i tøjet til deres forældres sølvbryllup, foto på en sang: Storebror Johannes - soldat, Einer i stukkatør tøjet og lillebror Emanuel i skoleuniform.

Min fars liv og tilværelse, ved jeg ikke så meget om – før selve tiden, hvor da han ankommer til Herning, som sekretær på KFUM. Jeg har efterfølgende fået min fætter Johs., til at fortælle mange ting, omkring min far.

Einer Peter Petersen, var født i København den 27. september 1894 - som den tredje i en børneflok på fire. En høj flot mand, den højeste af dem alle. Hans forældre var Anna og Peter Theodor Petersen. Deres mor var hjemmegående og far'en Revisor Kontorchef.

Arkitekt eller stukkatør?

Efter at min far tog sin realeksamen - ville han nok gerne, ha' læst videre, ligesom sine brødre. Søsteren Lise, uddannede sig til Håndarbejdslærerinde. Der var i børneflokken, udover hende, som nummer 2, den ældste Johannes og så den 8 år yngre (end min far), Immanuel.

En børnelammelse ret tideligt, hos Immanuel gjorde dette, at der jo skulle sørges for en boglig uddannelse til ham. Han blev forøvrigt i sit liv, rigtig god til at håndtere sin børnelammelse - med f.eks. at bruge den raske hånd til at løfte 'den dårlige' arm op. Ingen lagde rigtig mærke til noget 'anderledes'.

Begge fars brødre, blev teologer. Johannes var den, som præst, der senere på Fyn, viede mine forældre. At være præst ville min far, nok også ha' egnet sig godt til, vil jeg tro - men så vidt jeg ved, var det mere, et udtalt ønske hos ham, om at blive arkitekt.

Desværre sagde farfar, at nu begge af brødrene, skulle holdes til studierne, - ville der ikke også være råd til, at lade min far, studere? Men at farfar ville skaffe far ind i en bank, for at han kunne få en uddannelse, der. Det protesterede far helt imod - det kunne han slet ikke tænke sig.

I stedet for blev det til, at han kom i lære som Strukatør* - måske netop fordi min far havde gode tegneevner, og måske smagte faget også 'lidt af fugl', dvs. sådan arkitektmæssigt, noget delvist bygningsmæssigt.

**En Strukatør, - var gerne en mand, der arbejdedede med stuk,som skulle sættes op i loftet. Rundt langs kanten og gerne afsluttet, med en flot runddel i midten af loftet - hvor en lampe, så hang.*

Blandingen til stukken, var en mørk vandagtig blanding af kalk, kridt og gips - hvor man så puttede blandingen i forskellige kreative støbeforme. Det derefter tørrede stuk i formene, blev til smukke ornamenter til at opsætte på gipslofter, ornamentik, som man kaldte det - specielt blev det brugt på gamle slotte og herregårde.

I dag, er det jo forøvrigt, igen rigtig værdsat og moderne med stuklofter. Mange ejendomme har idag, stuklofter gemt bag et opsat træloft. Disse kommer derfor gerne igen 'frem i lyset', i dag!

Efter hvad jeg kan huske, har far fortalt, at det var ret hårdt at være i lære dengang, med lange arbejdsdage og tilmed bagefter på Teknisk Skole, om aftenenen. Som lærling kom man også ud for drillerier, - som man normalt gør, når man starter på en 'ny' arbejdsplads, mere eller mindre godmodige drillerier fra de ældre lærlinge og svendes side. Det kunne være noget med at blive sendt i byen, efter 'et' øjemål' og så videre – hvilket jo ikke fandtes.

Min far blev færdigudlært som Stukkatør. Jeg har et par manchetknapper i sølv og rav, som jeg mener var en gave til ham, fra forældrene - ved svendeprøven. Min far har forøvrigt, været med til at udføre stukarbejde på Christiansborg Slot, i Folketinget. Det er helt morsomt at tænke på i dag, ikke?

Engang under sit arbejde med stukken, fik far noget læsket kalk i øjet. Det var jo noget der skulle vaskes ud i en fart, samtidig med, at det er jo gjorde frygteligt ondt.

Ill. Et lille udsnit af stukloft i Christiansborg Slot

Under sin læretid måtte far have et værelse ud i byen, fordi der nu ikke var værelser nok derhjemme hos familien, nu de to studerende brødre, skulle have være hver deres arbejdsværelse. Man kan sige, at far ihvert fald ikke blev forfordelt, iblandt sine søskende?

Imidlertid, fandt min far ud af, at stukkatørfaget, var ved at være et uddøende fag. Så det arbejdsområde, opgav han ret hurtigt.

Så blev far indkaldt til soldatertjenesten

Derefter blev det soldatertjenesten far kom ind under. Han blev indkaldt til det, der hed Sikkerhedsstyrken under 1.Verdenskrig, som varede fra 1914-1918, som Marineinfanterist. Her lå far på Trekronerfortet, i København. Der lå der en fast bemanding på 750 soldater. Det kom dog aldrig til kamphandlinger i nærheden af fortet, i disse år *(kilde Jyllands-posten)*

Mange historier, kunne far fortælle fra den tid. Engang, hvor deres øverstbefalende mødte op hos de menige. Med ampuletterne helt forkert påsat, altså at de vendte modsat – ind mod skulderen. Det skulle have set rigtig sjovt ud. Ligesom da, de skulle gøre honnør til en rødmalet port, i en march – hvor porten skulle 'udgøre det' for Kongen eller en'anden højtstående person – hvis fortet lige pludselig, skulle få fint besøg?

En mere alvorlig oplevelse for min far var det, at de under en øvelse skulle skyde med løst krudt, imod et hold soldaterkammerater. Det var en modbydelig fornemmelse fortalte han, selvom det altså kun var en øvelse og med løst krudt.

Fars platte fra Bing & Grøndahl's porcelænsfabrik

Det forekommer mig, at min far efter militærtiden, havde et ophold, på 'Haslev Udvidede Højskole' - men det er kun noget der der foresvæver mig? Men i hvertfald blev min far Sekretær i Næstved, på KFUM.

Det kan nok forekomme lidt mærkeligt, at min far, der kom fra et højtkirkeligt miljø, til så at komme til, at ende i noget så Indre Missionsk, som KFUM? At han, - tæt på sine 30 år ca. 1923/24, ender med at komme til det, man kan synes, det endnu mere sorte midtjyske Herning, - som sekretær på KFUM, Dalgasgade 11. Men der må måske ha' været en mening med dette.

For det var jo her, at han traf min mor, som det jo viste sig, senere skulle blive hans fremtidige kone - og gode samarbejdspartner.

Tidligere i sit liv, havde far været forlovet med en ung pige, som hævede forlovelsen, - så vidt jeg ved fra mine fætre, sikkert på grund af betænkelighederne ved de noget strikse omgangsformer hos familien Petersen på Jagtvej/mine bedsteforældre (min mor var, - viste det sig så siden, - rigtig god til at håndtere sin kommende svigerfar og havde altid den bedste dialog med ham og dem, i det hele taget).

Dette med den forrige forlovelse, for min fars vedkommende, - var noget, som skulle ha'det taget meget hårdt på min far. Selv nævnte han aldrig noget omkring dette. Men han har jo også som mor, alligevel 'haft et liv'- før mødet med hende.

Nu som sekretær på KFUM i Herning, blev han i jobbet, en slags husfar, ved siden af min mor, som jo var husmor. Som jeg også beskriver i afsnittet under min mor, bliver de både forlovet og gift med hinanden, i den periode.

Jeg er også kommet til verden og da jeg er 4 måneder gammel, i august 1931, overtager mine forældre 'Herning Ny Missionshotel' Netop, fordi - mine forældre var blevet opsagt stillingen på KFUM.

Da min far, gik bestyrelsesformanden på klingen omkring opsigelsen, var der ikke noget svar? Man kan jo synes, at det virkede lidt mærkeligt, når min mor, havde været der, i alle de år samt at de begge havde lagt meget arbejde i KFUM? Selv var de ret overbeviste om, - at det for bestyrelsen, ikke var passende, at have en lille familie boende på KFUM med et lille spædbarn.

Da de havde købt Herning Ny Missionshotel, og 'fået det op at køre', - fik min far er et job som fritidsmedarbejder ved forsikringsselskabet 'Nordisk Liv & Ulykke' Et job som var et supplement til indtjeningen.

Far i haven, på Missionshotellet, hvor han prøvede at dyrke forskellige grøntsager. Senere lejede han et stykke jord til kartoffeldyrkning. De fik dog bragt mange kartofler udefra til hotellet.

Jeg var med cykel rundt i byen.

Min far var rigtig god til at tage del i min opvækst, sådan kan jeg huske, at jeg kørte med min far rundt på cyklen til forsikringsopgaverne, hvor jeg sad på stangen af hans cykel. Der har jeg nok haft en påsat børnesadel. På den, kunne jeg sidde der og vente og vente, imens far var indenfor hos folk, på opgaverne. Var vi til fods sammen igennem byen – var der som regel fyldt af mennesker på fortorvene.

Så var det bare med 'at hænge på' efter min far - for far gik raskt til, så jeg måtte suse ud og ind imellem menneskemængden, for bare at følge med ham.

Senere lærte han mig at køre på min egen cykel. Det synes jeg var meget spændende, for nu kunne vi følges ad, på disse ture. Cyklen jeg fik, kostede 45.-kr, hvoraf jeg selv havde sparet de 35 kr. sammen.

Cyklen, havde jeg fra 6 års alderen og til jeg nåede konfirmationen, så solgte far den, for at han selv kunne få en ny/

Ill. Rundt på cyklen

anden cykel. Det var nødvendigt under krigen, at give sin gamle cykel som noget af betalingen, for at få en ny. Det skyldtes jo krigs-knapheden iblandt, andet.

Det var også min far, der tog mig med til mange teaterforestilinger, læste eventyr, tegnede og farvelagde figurer i malebøger, for mig. Det var også ham, der købte gaver ind til familie samt venner, til jul og fødselsdage. Han var ret berømt for, 'at hitte' på gode gaveide'er, også uden at det var store kostbare ting. Det var da simpelthen ikke råd til.

Jeg kan huske, at jeg sidenhen, fik opgaven med at skulle indkøbe gaver til familien. Engang, havde jeg købt en lidt for dyr gave, men det sagde far, at det kunne jeg ikke bebrejdes, når jeg ikke vidste bedre.

Det var gerne far, der pakket gaverne ind og sendte dem videre med pakkeposten. Dette blev altid gjort med megen sigerlighed og rigtig godt. Han skrev også altid alle julekortene - altid smukt skrevet. Han havde en meget fin håndskrift og altid med velvalgte ord.

Ill. Som man netop kunne se min far sirligt pakke gaver afsted til forsendelse

Men i mit -og min mands senere liv, værdsatte vi endnu højere, min mors breve, fordi de gerne indeholdte noget meget mere spændende - om alt muligt, fra deres hverdag, derhjemme, som man så rigtig kunne følge med i.

Ill. Under krigen

Under krigen, gik jeg således også en 'dag, sammen med min far på hovedgaden i Herning. Midt på gaden, kom et tysk regiment marcherende samtidig med, at de sang en tysk marchsang. **Pludselig** istemmer min far, den danske nationalsang - højt og vi gik lige imod dem. Nøj, hvor var jeg bange, - sæt der var sket ham eller os, noget? Men det viser igen, min fars ukuelighed, som der hvor han flere gange, holder fast ved, at hotellet var hans - hvor tyskerne adskillige gange, ville overtage det.

Min far var den der pakkede vores kufferter til rejsen

En sjov detalje var, når vi i min barndom skulle rejse ud på en lille ferie, var det altid min far der pakkede kufferterne. Det var også ham der pudsede alt vores fodtøj. Et 'levn' han havde fra sin 'Peterskende familie'- og det blev igen gjort efter alle kunstens regler. Og den arbejdsfordeling og de øvrige far varetog, passede min mor helt fint, - for hun havde absolut nok at tage sig til, på sine felter/områder.

Det blev også en tradition, for min far og mig, at vi 2, ved juletid gik over til personalet på posthuset, som lå overfor hotellet - med en bakke med kaffe og julekager. Gerne var det, den sidste aften før jul, hvor der var ekstra travlhed med juleposten.

m. s. "Pilsudski" ved Langeliniekajen i København

Far havde flere jern i ilden. Han var medlem af menigheds-rådet, søndagsskolelærer, var ansvarlig for administrationen af FDF lejren 'Firbjergsande' på Venø ved Struer. Af og til, var han også ude som foredragsholder, måske omkring noget som havde et religiøst islæt? Inden vi forlod Herning, var han også stærkt involveret i projekterne med byggeforberedelser af to nye kirker, en' der skulle ligge i Vestbyen og en' anden i Østbyen.

Turismen støttede han også, ved at sørge for, at han fik tegnet mærkater, som skulle give opmærksomhed på - og reklamerede for Herning, som 'Heden's by' På mærkatet, var der bl.a. tegnet en Lærke.

Disse mærkater blev brugt på breve og pakker. Så fars evner ud i det grafiske, blev altså også udnyttet der. På et andet tidspunkt, sendte far også et' tegneforslag ind, til en frimærkekonkurrence, hvor emnet var: Jason med det gyldne skind. Desværre blev far ikke den heldige vinder, i den konkurrence.

Far tog sig også lokalt, af udstillinger med og omkring 'Ydre Mission'. At det så, var andre, der tog sig æren er det, ved jeg, sidenhen.

I Herningtiden havde far også agenturet for Amerika-Gdynia eller Gdynia-Amerikalinien. Det var et amerikansk/polsk selskab, der ejede 2 store oceanskibe, Batory og Pilsudski, som sejlede til Amerika - men gjorde ophold i København. Det var vist kun 2 billetter, far opnåede at få solgt, men han blev da inviteret over til København, for der, at blive vist rundt på den ene af bådene, 'Batory' da den lå til langs Langeliniekajen, i København. Båden var meget luksuriøs, fortalte min far. Jeg har også et prospekt over bådene og der man kan se, at det var en høj standard, bådene havde.

Pilsudski Skibet - Her dame salonen

Pilsudski Skibet - Ryge Salonen & Bar, turistklassen

Fars store lup, - som han modtog imens han arbejdede med at sælge billetter til selskabet Gdynia- Amerikalinien. Hans oldebarn, Christian har denne, idag.

Under vinterkrigen, som den finsk- russiske krig, i vinteren 1939, blev kaldt,- var der mange danske frivillige personer, som tog op til Finland for at deltage og bidrage, hvor der var nød og knaphed. Herhjemme der blev samlet penge ind mange steder, på forskellig vis, som støtte til Finland.

Bidrog med kreativitet på Torvet

Da der også i Herning, skulle indsamles penge til befolkningen i Finland, foregik det på forskellige måder og via forskellige aktiviteter. Således hjalp min far og nogle øvrige mænd med aktiviteter på Torvet i Herning. Der skulle bygges en snestatue, havde man bestemt.

Min far og mændene, hjalp hinanden med det kæmpe arbejde, det blev. Sammen skulle de opbygge sneskulptur'en. Den skulle vise og symbolisere en trængt mor, sidde med sine børn omkring sig. Det år, var der rigtig meget sne og der var det, man kaldte for, en' frostvinter. Ved siden af den færdige statue, blev der opstillet en pengebøsser - hvor byens folk, kunne give deres bidrag, til Finland. Sneen blev i spande med vand blandet sammen, så mændene rigtigt kunne arbejde og forme sne'en -så det er færdig arbejde, stod flot og skarpt. Det må ha' været et koldt arbejde, at skulle udføre.

Politiet ringer min far op, en aften

En aften på hotellet, blev min far ringet op af politiet. Han fik den besked i telefonen, at hvis de på hotellet, fik besøg af en herre, som havde en stor kuffert med sig, skulle min far straks kontakte dem, igen. Den efterlyste mand, viste det sig - manglede et' stykke af sin ene finger, havde politiet fortalt.

Ill. Som man kunne forestille sig manden ankomme til hotellet med kuffert fuld af tyvekoster.

Manden var taget med toget og der, havde han stjålet flere tyvekoster, i form af de rejsendes julegaver mm. og puttet tingene i den omtalte kuffert. Pakker mv. har sikkert ligget i tognettene ovenover de rejsendes hoveder? Nu var personen, sandsynligt stået af toget, i Herning?

Pludselig kommer der en mand med en stor sort kuffert, -ind på vores hotel. Min far, var snu nok til, at bede manden, som man normalvis gjorde, om at indskrive sig i hotelbogen. Manden havde handsker på, og dem var han selvfølgelig nødt til, at tage af, når han nu skulle indskrive sig i bogen. Da viste det sig så, at manden manglede et' stykke af sin ene finger! Min far, lod manden intetanende gå op, på det bestilte værelse.

Herefter kunne min far jo så i fred og ro, ringe til politiet og fortælle, at manden/tyven opholdt sig hos os. Hurtigt derefter ankom politiet til hotellet. De kunne nu gå op på værelset og anholde manden. Det viste sig, at tyvens kuffert, var fyldt med tyvekoster, som han helt sikkert har villet videresælge og derfra få penge ud af byttet.

Nu en afrunding på begge mine forældre

Sådan har der været meget at fortælle om, omkring mine forældre. Det skulle gerne give et godt billede af, at at de begge, med deres indbyrdes forskelligheder, bidrog til et meget spændende og aktivt liv. Både hvad de gjorde sammen og hver for sig. Altid med en gensidig respekt for, hvad de hver især lavede.

En en af min fars kunsteriske tegninger.
Exlibris (en slags af datidens logo)

Min far som helt ung, hvor han står øverst oppe, i midten med rødt karsehår. De var et Krikethold.

Se deres flotte dress og bemærk den unge fyr laver sjov med bolden! Det kunne man også dengang...

Far og mor i haven på Kolding Landevej i Vejle

Ved mor og far's sølvbryllup.
Her i haven på Koldinglandevej, Vejle.
Fætter Jørgen (med huen) og kusine Kis
- bagved os på bænken.

4. Min barndom

Dåbsdagen - Einer m/lille Anna-Ruth

Mine allerførste barndoms erindringer

Det første jeg kan huske er, at min far er ved at forberede sig til at tage til min tante Annas begravelse i 1933, og jeg har da været 2 år.

Vi boede dengang i de 2 stuer, vi havde i gavlen af hotellets loft, og jeg ser for mig, min far klædt i sort tøj, og at han børster den høje hat, han skal have på. Det syn har åbenbart været så usædvanligt, at det har prentet sig ind i min hukommelse. Tante Anna var min ældste farbror Johannes' kone, og hun døde d. 10. okt., da de boede i Fausing præstegård.

Måske kan jeg lige her indskyde en lille sjov historie om min fars høje hat, en historie, som min mor har fortalt mig, som jeg ikke selv har oplevet. Det var sådan, at min far og mor havde været bortrejst nogle dage. Jeg tror, at det var medens, de endnu var på KFUM? Da de kom hjem, undrede det min mor, at den lille fine børste, som hørte til den høje hat og som normalt var gemt sammen med den, i en speciel stor rød hatteæske, - nu pludselig, lå fremme på mors toiletbord? Det kunne hun ikke forstå og gik derfor en' af de unge piger, nærmere på klingen.

Efter nogen tøven kom det frem, at imens mine forældre var bortrejst, havde 'musene rigtigt spillet på bordet'. Med andre ord havde personalet benyttet sig af fraværet og leget den dengang meget populære leg, en' ordsprogsleg, der gik ud på, at nogle personer skal fremstille eller mime et' eller andet, fra et kendt ordsprog.

Ill. Den høje hat

Derefter skulle de andre i selskabet gætte, hvad det rigtige 'svar' var. Dertil krævedes ofte noget udklædning, og nu havde personalet, altså brugt næsten hele mine forældres garderobe, til det formål. Alt var ryddet behørigt på plads igen, undtagen den famøse lille børste.

Den havde man glemt, og derfor og kun derfor kom det hele for en dag. Jeg tror, at det var nogle meget brødebetyngede unge piger, der måtte gå til bekendelse, men husker jeg mine forældre ret, så tror jeg nu, at de udmærket kunne forstå og gå med på spøgen, - for jeg ved jo fra min mor, at det også var den selskabsleg, de også, i hendes yngre dage, sommetider havde været med til. Som eksempel fortalte min mor om ordsproget 'I mørke er alle katte grå!' Det blev fremstillet ved, at en mor og en datter lå og sov på hver sin sofa. Lyset var slukket, og ind lister frieren for at bortføre datteren, men kommer i den dunkle belysning til, at tage moderen i stedet for.

'Fru Petersen, gå hjem og pas godt på Dem selv!'

Men som først skrevet, mener jeg at kunne huske tilbage til jeg var ca. 2 og et' halvt år. Da jeg var lille, havde jeg barnepige. Det var simpelthen en nødvendighed, for mine forældre var jo hver især optaget af dagens dont på hotellet, men der er ingen tvivl om, at min ankomst til verden, var blevet **en stor** glæde for dem og udfyldte for dem, et tomrum. Nu var de en rigtig lille familie, - noget som måske tidligere i forholdet, var opgivet i betragtning af min mors nu fremskredne alder.

Jeg siger sommetider, at jeg var en nem graviditet, for jeg tog kun 3 måneder. Forklaringen er, at da min mor i en alder af godt 47 går til lægen, fordi hun syntes, at hun havde det lidt underligt og troede, at det skyldtes overgangsalderen, fik hun den besked: 'Fru Petersen, gå hjem og pas godt på Dem selv! De er 6 måneder henne, og jeg nok komme og tage mig af fødslen' sagde doktor Gørtz, som forøvrigt også, var nabo til KFUM.

Min mor havde desværre i dec. 1925, født en fuldboren, dødfødt pige på sygehuset i Silkeborg og havde vist også siden, haft et' par aborter. Jeg hørte dog **aldrig** beklagelser over dette, men min mor havde ligesom, en særlig forståelse for andre, i lignende situationer.

Nybagte mor Sine med lille mig på armen

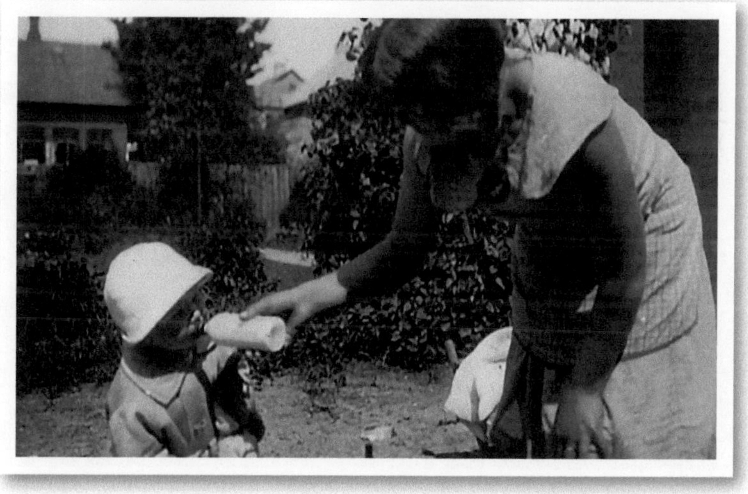

Min barnepige giver mig sutteflaske i haven

Et sjældent billede med både far og mor i haven

Her er jeg i haven med min barnevogn

Naboens søn Knud Rahn og mig i haven. Vores vasketøj og mine små trøjer hænger på tørresnoren.

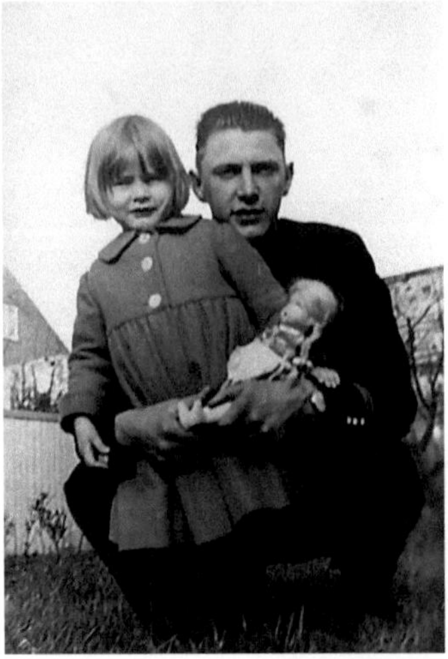

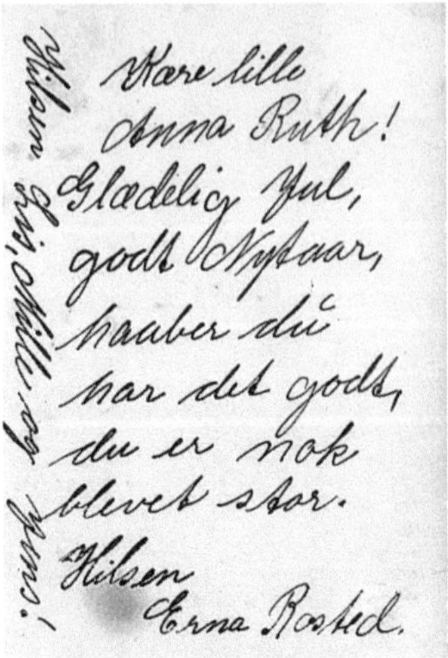

Kære lille
Anna Ruth!
Glædelig Jul,
godt Nytaar,
haaber du
har det godt,
du er nok
blevet stor.
Hilsen
Erna Rosted.

Hilsen Kai, Mille og Jens!

Et tilsendt foto fra personale, med en lille hilsen bagpå, hvor står jeg med hotelkarl Jens

Her laver jeg og min veninde Ruth mad på det lille komfur

Far med lille mig på armen.
Fornuftigt varmt klædt på, som altid.

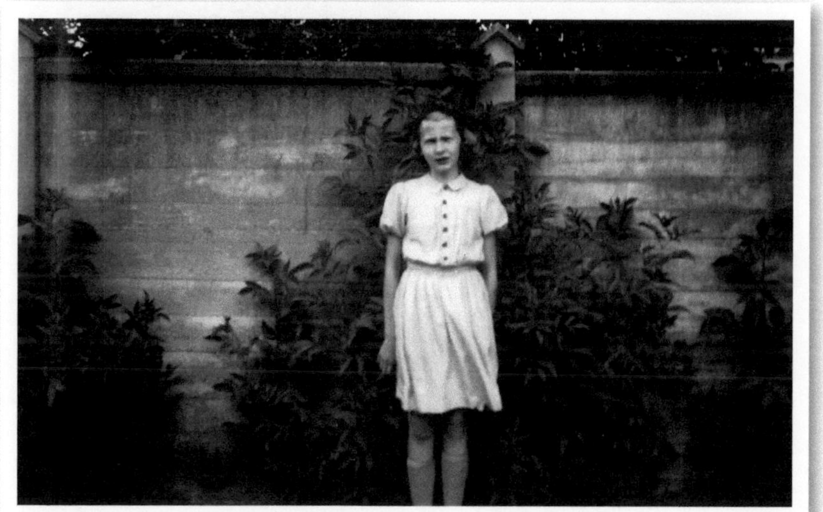

I haven som teenager - høj og tynd

Som brudepige til Tinne og Emils bryllup, hvor jeg har farmors strikkede hvide hulstrømper på. Kusine Karen og lille Ole, står i Matrostøj.

Hel ung, hvor jeg har været hos fotografen
Et' foto til min forlovede Hans Jørgen

HERNING NY MISSIONS-HOTEL

HMH

HERNING NY MISSIONSHOTEL

v/ EINER P. PETERSEN

Telefon 92

HMH

HERNING NY MISSIONSHOTEL

Værelse Nr. 1. Nat

følgende Nætter

Middag (2 Retter) m/ Kaffe............

Attensmad (1 varm Ret m/ koldt Bord)..

à la carte-Retter fra....................Kr. 0,85

Kaffe el. The complet m/ Æg..........

Hotelkarlen modtager Drikkepenge for udførte Tjenester (Skopudsning m. v.), ligesom Garagen maa betales til ham.

Fodtøjet bedes sat udenfor Døren om Aftenen. Hotellets Gæster anmodes om at færdes stille og undgaa Støj og højrøstet Tale efter Kl. 22. Afrejse bedes meddelt inden Kl. 11 Formiddag.

5. Hotellet

Hotellet lå Jernbanegade 1, lige overfor parkeringspladsen ved rutebilstationen, der hvor nu Dronningens Boulevard går, i Herning. Vores telefonnummeret var 92.

Dengang, i min første barndom, - var der høje træer på vores side af gaden, men på et tidspunkt blev de fældet og erstattet med nogle mindre og lette Akacietræer. Jeg har haft et fotografi, hvor vi er nogle børn, der står og ser på de fældede træer. Vi syntes nok alle, at det var en skam, at de store træer skulle væk, men det gav jo noget mere lys, og måske var det også bedre for trafiksikkerheden.

Til højre for hotellet lå en lang lav bygning, hvor der var flere forretninger ud mod gaden og med lejligheder bagved. Der var f.eks. en skomager og en købmand. Denne bygning blev kaldt 'Glasfacaden'. Længere henne på hjørnet af Fonnesbechs gade, lå et andet større hotel, nemli' Gregersens Hotel. Til venstre for os, boede frøken Clausen. Det var hende, som mine forældre havde købt hotellet af. Hun havde taget hjørnegrunden fra til sig selv og havde bygget en villa der. I hendes tid hed hotellet, Herning Højskolehjem, - men ved overtagelsen omdøbte mine forældre det til: Herning Ny Missionshotel. På hovedgaden i Herning lå i forvejen et' andet Missionshotel.

Til min store forundring viste det sig så, - da jeg i foråret 2011, var på Egnshistorisk Arkiv i Herning, at der tidligere, havde ligget et hotel midt i Fonnesbechsgade, der også havde heddet, Herning ny Missionshotel. Det havde jeg ingen anelse om. Der var endda et foto af hotellet, og det lignede faktisk utroligt meget, 'vores' hotel i byggestilen. Det var mærkeligt synes jeg, for jeg havde nemlig aldrig hørt tale om det tidligere?

Overfor Gregersens Hotel lå Jernbanestationen og Posthuset, - og derefter kom så Rutebilstationen. Nu har man så forhåbentlig et' indtryk af, hvad der lå rundt om og i nærheden af hotellet.

Man må sige, at beliggenheden, var rigtig ideel for et' hotel, der jo bl.a. skulle leve af mange tilrejsende gæster.

Jeg husker en bestemt gæst, der kom hvert år, til Herning. Gæsten boede hos os en' måneds tid, tror jeg. Det var en' tegner eller maler fra København. Han hed Persson og underviste på Teknisk Skole.

Jeg husker at hans livret, var et' stykke smørrebrød med tatarkød. Engang havde han også sin kone og deres lille datter med til indlogering på hotellet. Sammen med datteren og hendes mor, var mor og jeg på besøg, inde hos frøken Clausen ved siden af. Da har jeg ikke været helt sød, for jeg blev nemli' ret så ' jaloux' over en bold, vi 2 småpiger legede med (jeg ville nok gerne ha' haft bolden, med mig hjem?).

Jeg var vist også kun 3 år, og det var den eneste gang, jeg var hos frøken Clausen.

Hotelles bygning i to etager og Glasfacaden ved siden af (efter Tyskerne har været der, ca. 1946)

Hotellet var en to etagers hvidkalket bygning med stue, første sal og loftsetage, samt ikke at forglemme kælderen med det **store** køkken, vaske- og fyrrum, m.m. Bagved huset, var der garage og en pæn stor have. En tilbygning til garagen var ved ejerskiftet revet ned. Den havde bl.a. indeholdt et' gammeldags das. På et gammelt foto, ser man min far sidde og sortere alle murstenene, derefter. De har altså villet sløjfe denne bygning. Måske det har været for uhumsk og ulækkert.

Stueetagen på hotellet

Helt til højre på selve hotellet, kom man ind ad en ret bred trappe til en Hall, hvor der var trappe op til første sal samt indgang til restaurationen. Der var også garderoben, - hvor man kunne hænge sit overtøj. Ved restaureringen i 1939-40 blev der under trappen indrettet et' Lukaf, en slags kontor, til Portieren. Desuden, var der en afskærmet garderobe indenfor døren, i den første restaurant. Der var nemlig to restauranter, - i forlængelse af hinanden. Begge vendte ud mod gaden. Der var selvfølgelig, borde og stole til servering, men i den første restaurant, var der et større bord, der var forbeholdt de mange pensionærer fra byen, der kom og spiste hos os. Over **100 pensionærer** om dagen, havde vi skam!

De kom fra mange forskellige jobs, en' havde en tobaksforretning på byens hovedgade, andre arbejdede, i banker, forretninger mv. Det var dengang meget at almindeligt at gå ud i middagspausen, og at spise hver dag på Pensionat. På et' senere tidspunkt blev hotellet så lukket i 14 dage - af tyskerne, for på den måde at undertrykke min far, der havde nægtet at forhandle med dem på tysk.

Da havde min far en notits i Herning Folkeblad, hvori han opfordrede andre pensionater til tage godt imod alle hans **stamgæster**. Far håbede selvfølgelig, at alle pensionærer, igen ville komme til os.

Dagligdag under besættelsen

Hvad Herning Folkeblad berettede for 40 år siden

v/ Ø. Lier Hansen

Februar 1945

Herning ny Missionshotel

Af hotellet fra og med torsdag den 1. marts helt og holdent er beslaglagt til andet formål, bekendtgøres herved for mine kunder. Samtidig henstiller jeg til publikum om at være mine cirka 60 pensionærer behjælpelig med at finde et spisested. - Ejner P. Petersen.

Annoncen som far indrykkede i Herning Folkeblad

Men ved det omtalte store bord sad pensionærerne, når de havde spist i deres separate spisesal, et aflangt ret stort rum, der lå ud til gården. Ved bord i restauranten kunne de efterfølgende sidde og nyde en kop kaffe eller læse aviser og blade. For netop i det rum var der et vægur (så de kunne holde øje med deres middagspause?) - og under det', stod et lille bord med aviser og ugeblade, og det var altid 'Billedbladet' og 'Familie Journalen'.

På alle bordene i restauranterne, var der små flag fra mange forskellige lande. Efter besættelsen blev flagene, så skiftet ud, udelukkende med Dannebrogsflag.

Desuden var der blomster, i en' lille grøn vase og så et' mørkerødt askebæger, begge havde hotellets logo på. Det var ting, som far havde fået fremstillet, specielt.

Gulvet var et' linoleumsgulv. Jeg husker, stuepigerne tog en **ordentlig** tur hen over gulvene med den store gulvmoppe, når de blev bonet. Bagefter, havde gulvet jo en' smuk 'ren' glans.

Den inderste Restaurant var desuden, - også indrettet med borde, sofa og stole. Det var derinde, at mine forældre og jeg havde **vores faste bord**, - hvor vi altid sad og spiste.

Dette rum blev også anvendt, - når der af 'og til, var små selskaber eller fester, på hotellet.

Da var det altid min far, der overvågede borddækningen og pynten. Han sørgede altid for, at fortænde stearinlysene, så de fungerede med det samme, de blev antændt (- hvad, han også **altid** gjorde med de hvide lys, som senere, skulle hænges på juletræet).

Men, det hændte altså, at vi havde festarrangementer, men vores hotel, var jo et' afholdshotel. Ja, der var ligefrem

I familien har vi stadigvæk den grønne vase og det røde askebæger med hotellets logo på

en *servitut/tinglyst påbud på matriklen, **at** der **ikke** måtte serveres alkoholiske drikke, - man kunne altså **ikke** få vin til maden. Dette begrænsede jo på sin vis, måske antallet af fester hos os?

Det har måske været årsagen til, at min mors 60-års fødselsdag blev holdt på Gregersens Hotel i 1943? Da var jeg blevet 12 år og jeg husker festdagen, så tydeligt.

Lyskæde ved indgangsdøren

Jeg husker også, en juletid et' bestemt år, hvor min far havde anskaffet en fin lyskæde til at pynte, rundt omkring indgangsdøren. Det var **meget** flot, syntes jeg, og det var da også noget avanceret på den tid, - at det kunne lade sig gøre, ikke?

Fra den inderste Restaurant, var der en stor dobbeltdør, ind til min fars kontor. Det var et' stort dejligt lyst rum med vinduer, - både til gården og til gavlen. Somme tider blev kontoret også brugt til mindre arrangementer, eksempelvis til 'lukkede møder' eller hvor der var bestilt en' speciel opdækning.

Serveringspersonalet, altid i sort kjole

Men det **allervigtigste** rum, var jo serveringsdamernes. Det var som et' lille køkken og derfra 'udgik' pigernes betjening. Der var skam også en' madelevator, hvor madbestillingerne/ordrerne i form af en' bon, gik ned til køkkenet i kælderen.

Senere kom de dejlige færdige varme retter så op - med elevatoren, igen. Servitricerne kunne så afhente retterne der og servere rundt hos gæsterne. I elevatoren, gik også det snavsede service ned til opvask, hvorimod de mindre ting, som for eksempel kaffeservice blev vasket op i deres 'eget' lille køkken, af serveringspersonalet.

Der var gerne en' fast serveringsdame og to stuepiger, - som også tog sig af serveringen, når de var helt færdige med at gøre hotelværelserne, i stand. De var derefter, alle i sorte kjoler med et lille pynteforklæde, når de serverede, samt skulle have strømper på - og det selvom, at det kunne være rigtig varmt om sommeren. Især sommeren 1943 var rigtig varm. Og under krigen, var nylonstrømper en kæmpe nyhed - og en' meget eftertragtet vare, ligesom cigaretter jo også var.

Personalet, mor Sine og lille Anna-Ruth

Sømmene bagpå på strømperne, skulle sidde lige!

Min far tillod ikke bare ben, i restauranten og det var dengang, da der var søm bagpå strømperne, og den skulle absolut, sidde helt lige, for den sorte søm, som gik ned langs benet, kunne godt forskubbe sig. Jeg tror, at min far et' år indkøbte beige serveringskjoler med vores monogram på, - til damerne om sommeren, men jeg ved altså ikke, om jeg husker rigtigt?

De 3, serveringsjomfruen og stuepigerne, sorterede under min far. Min mor, var så den, der 'styrede køkkenet'. Hun havde 4 piger dernede, og hvad dertil hørte af vaskekonen, som kom til dem.

Min så far så efter, at alle tingene var i orden, i hans område, - f.eks., at der **ikke** var løbemærker af kaffen ned langs kaffekanderne, - at smørret på brødet, altid var smurt **pænt på** og helt ud til brødkanterne, - at de hvide duge på bordene, lå skarpt, lige og flot, - altså **mange** ting, for dem begge, at ha' overblikket, over.

Første etage var værelsesgangen

Førstesalen på hotellet, - var værelsesgangen. Man skulle først op ad den brede trappe fra hallen. Jeg tror, vi havde 8 eller 9 værelser? De 5 værelser gik mod gaden og de øvrige 4, vendte ud til gården.

Det første værelse, man kom til fra trappen, var nr. 5. Det var et' enkeltværelse på gr.af, at trappen, jo også skule være der. De andre værelser, var dobbeltværelser.

De 5 første værelser, havde numrene 5, 6, 7, 8 og 9. Til den modsatte side af gangarealet, - kom så værelsesnumrene 10, 11, 12. Der var **ikke** et' værelse, med nr. 13. Det fandtes simpelthen ikke! Det er stadig sådan på mange hoteller, den dag i dag. På grund af den overtro, der knytter sig til tallet 13, men hos os, var toilettet placeret der, hvor værelset 'ellers' havde været.

Før renoveringen i 39/40 var det, - så vidt jeg husker, det **eneste** på hele hotellet. Jeg fatter i dag ikke, hvordan det i det hele taget kunne fungere?

Min far arbejdede i årene, op imod krigen på et' projekt, der ville forbedre forholdene på hotellet på flere punkter. Bl.a. skulle der, efter planen, laves *mansardtag/-er et' tag, som bliver 'hævet', der så giver en højde på bygningen og ville gi' mere plads på eks. loftsetagen, der.

Ill. Ja, på gr. af overtro, fandtes det ikke noget værelse med nr. 13

Jeg kan huske, at han viste mig tegningerne. Jeg mener, at det hele var beregnet til at skulle koste ca. 42.000 kroner. Det var mange penge for mine forældre, - men de har syntes, at det nu gik så godt med hotellet, de nu havde formået at drive det frem til et fornuftigt stadium, men tiden gik alligevel med nogle overvejelser, og det gjorde, at det planlagte overslag blev ca. 10.000 kr. dyrere! Som tiden også så ud på det tidspunkt, turde mine forældre heller ikke, at få igangsat den store ombygning, - men der blev dog sat en hel del ting i gang rundt på hotellet, som skabte store forbedringer.

Det bedste af det var, at der i smøgen imellem hotellet -og 'Glasfacaden' nu blev bygget to nye flotte dengang, helt tidssvarende toiletter. Som så for hotellets vedkommende, havde adgang fra hallen, og desuden kom der også et' toilet, i kælderetagen.

Det var **virkelig** påkrævet og dejligt. Yderligere fik vi også ved samme lejlighed, et' **stort** *Stokerfyr/hvilket betød: en mekanisk fyringsordning for automatisk tilførsel af fast brændstof til ildsstedet, i en kedel.

Det fik vi installeret i kælderen, i forbindelse med det kæmpestore komfur, i køkkenet.

Stuepigernes mange opgaver

På værelserne var **ikke** indlagt vand, - så der var altså et' servantesæt, med fad og vandkande, samt en spand til affaldsvandet og i et' aflukket sengebord, som nok også indeholdte en' natpotte. Det var så stuepigernes opgave at holde **alt** 'dette kørende'.

Ill. Et' servantesæt, med fad og vandkande, samt en spand til affaldsvandet og i et' aflukket sengebord, som nok også indeholdte en' natpotte

Af og til, kunne der også blive ringet ned, - efter **varmt** vand til eks. skægbarberingen, - så måtte en' af pigerne, hurtigt op på det pågældende værelse med vandet, for vi havde skam et' apparat på væggen, med værelsernes-numrene, - så personalet, nedefra kunne se, hvem der ønskede noget.

På sengene på værelserne, var der sengetæpper pænt lagt på sengene. Når der boede nogen på værelserne, skulle pigerne først på aftenen, derind og som det hed 'at tæppe af', hvilket vil sige, at' tage sengetæppet helt af og folde dynen nedenunder, indbydende til side til gæsten.

'Skoene blevet sat udenfor værelset og kridtet på undersålen'

Ill. Som man kunne forestille sig, at fodtøjet var stillet udenfor værelsesdørene, - klar til at blive pudset

Gæsternes sko, kunne de stille udenfor døren, til pudsning, hvis det var det de ønskede? Det job udførte enten hotelkarlen eller piccoloen, som sikkert kunne indbringe en' lille drikkeskilling, for det udførte arbejde. Skoene eller støvlerne - som mange jo brugte dengang, blev alle samlet ind og fik med hvidt skolekridt, skrevet værelsesnumrene på sålerne, under fodtøjet, - så fodtøjet forhåbentlig, kunne finde den rette ejermand igen.

På alle værelserne lå der en bibel, i en' skuffe. Det gør der vist også den dag i dag, på mange missionshoteller og øvrige hoteller. Jo, man kan deraf 'se', at der var nok at tage sig til for stuepigerne, også når de kunne afse tid fra værelserne, skulle serverede og nå, at skifte til sort kjole.

Når jeg nu sidder her og tænker tilbage på tiden på hotellet, - overvejer jeg, om der måske kom rindende vand på værelserne, ved den omtalte lidt 'skrabede' renovering.

Det er jo nærliggende at tro det, - men det kan jeg altså ikke huske. Ikke desto mindre var det i høj grad tiltrængt, men også bekosteligt. Jeg tror i hvert fald ikke, det så også var med både varmt og koldt vand, men hvem ved? Det er jo ikke noget man kan få dokumenteret nu.

I krigsårene med indskrænkede, få toggange, - kunne det naturligvis mærkes, at der ikke kom så mange tilrejsende gæster som tidligere, og det kunne jo især mærkes på værelsesudlejningen. Det fik efter nogen tid, min far til at tage Brunkulsarbejdere, som arbejdede i brunkulslejerne ude i Søby, - ind på hotellet, som pensionærer. De boede, så på de værelser, der nu ikke blev så efterspurgte p.gr. af trafiksituationen, som var voldsom og larmende, under krigen. Brunkålsarbejderne tog ekstra tidligt afsted, om morgenen - gerne med smurte madpakker fra køkkenet. Om aftenen vendte arbejderne, trætte og snavsede hjem til hotellet, kun for at hvile og sove. Der er ingen tvivl om, at de 'sled' mere på værelserne, - end de sædvanlige tilrejsende gæster, - men vi fik jo faste indtægter ind, på den måde.

Loftet på 2. sal – med privaten

Endelig kommer vi til loftet, 2. salen – loftsetagen, som for os, som lille familie, udgjorde en meget vigtig del, idet vi boede her 'privat'.

Hotellet havde spidst tag. I gavlen, der vendte med udsigten fra vinduerne, udover "Glasfacaden" og hen til Gregersens Hotel. Vi havde 2 værelser, der i min første barndom udgjorde det ud for, mine forældres private lejlighed, stue og et' soveværelse.

Da jeg var ca. 8 år, flyttede vi til en stuelejlighed, til en' villa, i Smedegade 3, hvor vi havde lejet os ind.

Både for at kunne bruge de 2 tidligere privatværelser, til udlejning på hotellet, og selvfølgelig, også for naturligvis, at få mere plads og privatliv for os selv. Nu fik jeg også mit eget værelse, hvilket vel heller ikke, var for tideligt, for en 8-årig pige.

På loftet, igen tilbage på hotellet - var der ved siden af vores værelser, et' badeværelse med et badekar. Jeg kan bare ikke husker, om der også var toilet der? Det er jeg ikke helt sikker på, men man skal jo næsten tro, at det var der. Jeg har jo tidligere skrevet, at der i begyndelsen kun var et' toilet på det famøse 'nr. 13' på 1. sal, - så her et' punkt, jeg ikke helt kan gøre rede for.

Men et' badekar var der i hvert fald, for jeg kan huske, - at når der var spidsbelastning med hensyn til værelser på hotellet, - fyldte mor karret op med dyner og tæpper, og så sov hun der i det! Jeg havde så fået min egen lille seng med ind i badeværelset og sov ved siden af mor. På den måde kunne vores egne værelser lejes ud.

Ill. Sådan fyldte mor badekarret op med puder og tæpper - så hun kunne sove der og min lille seng blev stillet op ved siden af

Sådan kunne indtræffe, hvis der var særlige arrangementer i Herning, som trak mange mennesker til byen. Det store dyrskue, skabte altid ekstra megen travlhed.

Når man kom ad trappen, var der i yderkanten af loftet 3 eller 4 værelser til personalet, 2 i gavlen og 2 eller 3 med tagvinduer ud mod gaden. Jeg må sige, at der kom jeg meget lidt, snarere slet ikke på pigernes værelser. Jeg mindes dog svagt engang, hvor jeg sad på sengekanten i det ene værelse og havde det vældig sjovt der. En anden gang jeg så ind til en af køkkenpigerne, der var syg og lå i sengen. Da skulle jeg gå ned, til min mor og spørge fra pigen, om hun havde ligget længe nok med termometeret, når hun nu havde ligget med det en ½ **time**? Jeg tror nok, at min mor trak noget på smilebåndet, men det siger nok lidt om, hvor lidt en ung pige vidste om sådanne ting, og om hvor sjældent hun i det hele taget, havde været syg.

Ud mod gården var der ingen værelser, så resten af loftet, man kan næsten sige midten af det, var der et stort åbent loftsrum. Jeg havde en gynge der, som far havde slået op på en bjælke. Desuden var der trukket snore, så der kunne tørres tøj i det tilfælde, at man ikke kunne få vasketøjet ud på snorene i haven, som naturligvis var det foretrukne.

Desuden blev loftet også brugt til en lille sjov ting. Om sommeren, hvor der kunne være godt lunt under taget, blev der sat skåle op med mælk til tykmælk. Det var stedet rigtig godt egnet til. Der kunne skålene stå i fred og ro og blive til denne ret, som far godt kunne lide. Det var nok ikke tænkeligt, at der blev lavet **så** meget, at alle pensionærerne kunne få, også - men dog sådan at der var til dem, der ønskede det.

For mig havde loftet særlig betydning i min barndom, da vi endnu boede, deroppe. Jeg var nemlig ofte sengeliggende - med lidt forkølelse eller også, jeg havde ondt i maven? Da mine forældre jo **kun** havde mig og nok bekymrede sig meget om mig og om, hvordan jeg havde det, ja, så blev jeg puttet i seng, og så lå jeg altså der, **helt** alene deroppe på det store loft, og jeg kan huske, at jeg var lidt bange, når jeg kunne høre nogen på trappen. Jeg var først tryg igen, når de dukkede op i døren til soveværelset.

Mor kom f.eks. op med **dejlig** mad til mig, det kunne være ristet brød og et blødkogt æg eller også lidt kogt rødspætte med kartoffel og smør, - sådan lidt skånekost.

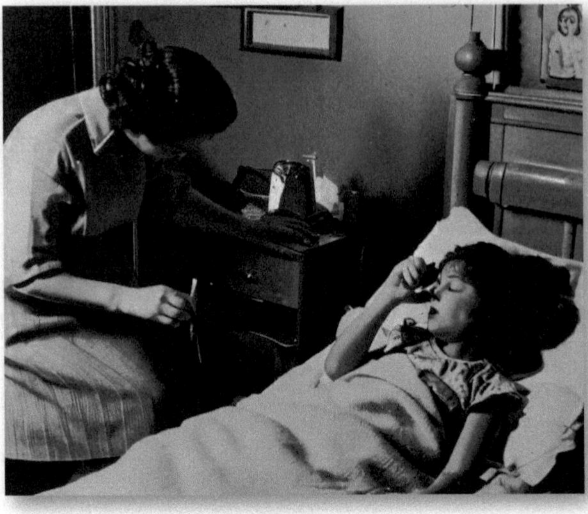

Ill. Min mor eller pigerne kom op til mig med noget mad, hvis jeg var sengeliggende - helt alene på 2. sal

Jeg synes næsten, at jeg endnu kan mærke den specielle duft, der var ved hendes hænder. Jeg nød at blive forkælet på den måde. Der kunne jo helt sikkert også, falde en' eller anden lille trøstegave af.

Men, jeg gik jo også i søndagsskole og havde hørt bibelhistorie om Abraham, Isak og Jakob og ikke mindst om evigheden, - når jeg så lå der **helt** alene, kværnede alle disse ting rundt i hovedet på mig. Det værste var, at jeg havde taget en **meget** fin knap, da jeg havde været hos min veninde Ruth i "Glasfacaden" for at lege. Vi havde fået lov til at kigge i hendes mors knapkasse, med alle de løse/overskydende knapper. Der i kassen, lå der altså en' helt særlig knap, som jeg ikke kunne stå for, så jeg tog den med mig hjem. Nu lå jeg så der og havde samvittighedskvaler, men jeg turde heller ikke levere den tilbage, og jeg mindes ikke, hvad der siden blev af den. Ruth var datter af skomageren, og engang fik jeg lov at spise med, hjemme hos dem. Vi fik en medisterpølse, og selvom jeg var forvænt med mad hjemmefra, syntes jeg, at det var **den bedste** pølse, jeg **nogensinde** havde smagt. Ruth havde en storesøster, der var en del ældre end hende. Hun hed noget så mærkeligt som Ulfat - jeg er aldrig stødt på det navn siden.

Når jeg således lå i sengen, lyttede jeg til radioen, der stod inde i stuen. Døren var åben, og det var dengang at den nye jazz og swingmusik var rigtig begyndt at komme frem. Det er også sådan noget, der knytter sig til minderne fra loftet. Måske har det været: 'Swing it Magistern, swing it' med svenske Alice Babs.

Kælderen var hotellets hjerte

I kælderen lå det store køkken. Man kan næsten sige, at køkkenet var hotellets hjerte.

I hvert fald betød det **rigtig** meget, at maden på hotellet var god. Sådan noget rygtedes, og et absolut bevis på at den var det, var jo de mange faste pensionærer, vi fik.

Køkkenet var som sagt min mors domæne, og det skyldtes hendes dygtighed, at det fungerede så godt. Hun var dygtig til at lave mad, men derudover også til at planlægge, købe fordelagtigt ind - samt det, at være påpasselig og økonomisk. Til at hjælpe sig, havde hun 4 unge piger, 1 kokkepige og 3 køkkenpiger. Kokkepigen kom jo lige efter min mor, med hensyn til ansvar og styring. De 3 piger, havde andre havde forskellige faste opgaver, f.eks. tror jeg, - at den yngste køkkenpige havde nok at gøre, med **hele** tiden med at skrælle masser af kartofler og vaske op.

FRU CONSTANTINS

HUSHOLDNINGS-

OG

KOGEBOG

SJETTE OPLAG

25,000—30,000 EXEMPLARER

KØBENHAVN OG KRISTIANIA

GYLDENDALSKE BOGHANDEL

NORDISK FORLAG

1912

Min mors kogebog var den vigtigste bog i huset, hvor hun skrev noter i

der skal kun 1 Pgl Rom til 1½ Portion

9 Æg / Blade / Husblas / Pgl Fløde / Pgl Rom

Rom Fromage. (10 à 12 P.) 6 Æggeblommer røres hvide med 150 gr (30 Kv.) stødt Melis. 10 Blade tyndeste Husblas blødes ud et Kvarter i koldt Vand, smeltes i 1 god dl ($^1/_2$ Pægl) kogende Vand og hældes svagt lunkent i Æggene. Derpaa tilsættes $2^1/_2$ dl (1 Pægl) hvid Rom og til sidst med Forsigtighed, uden at knuse Skummet, 5 dl ($^1/_2$ Pot) pisket Fløde. Fromagen anrettes paa en flad Skaal eller vendes af en Form, som er penslet med Olie. Flødeskum af 5 dl ($^1/_2$ Pot) Fløde lægges ovenpaa eller udenom. 535

Rom Fromage uden Æg. (12 P.) $^3/_4$ Liter (Pot) Fløde, piskes til stift Skum og heri røres 375 gr ($^3/_4$ ℔) stødt Melis. 30 gr (6 Kv.) (16 Blade) tyndeste Husblas udblødes et Kvarter i koldt Vand. $3^1/_2$ dl ($1^1/_2$ Pægl) Rom og Saften af 2 Citroner sættes over Ilden sammen med Husblasen, der vrides haardt op af Vandet. Dette røres og opvarmes, indtil Husblasen er ganske smeltet, hvilket ikke varer længe. Da afkøles det og kommes, medens det er koldt, men endnu flydende, i Flødeskummet lidt efter lidt og under forsigtig Omrøring. Massen kommes i en Form, der er vædet med Vand og strøet med Sukker, afkøles og vendes. Rød Saftsauce spises til.

Om Rombudding uden Flødeskum se 563.

Kaffe Fromage. (10 à 12 P.) Denne laves ganske som den første Rom Fromage af Flødeskum, Æggeblommer og Husblas, kun kommes i Stedet for Rom $2^1/_2$ dl (1 Pægl) kold, stærk Kaffeekstrakt, tilberedt af 125 gr ($^1/_4$ ℔) Bønner deri. Flødeskum af $3^1/_2$ dl ($1^1/_2$ Pægl) Fløde lægges udenom, eller smaa Plæskener gives til. 536

Ris Fromage. (12 P.) 75 gr (15 Kv.) fineste Risengryn, som er skoldede flere Gange, koges til en tyk Vælling i $^3/_4$ Liter (Pot) Sødmælk med $^1/_2$ flækket Stang Vanille. Grynene maa ikke koges itu. Vællingen hældes op i et Fad, og 10 Blade (20 gr) (4 Kv.) tyndeste Husblas, som er opløst i 4 Skf. ($^1/_4$ Pægl) Mælk eller Vand hældes til samt 100 gr (20 Kv.) hvidt Sukker. Det røres langsomt af og til, til det er næsten koldt, da kommes $^3/_4$ Liter (Pot) Fløde, som er pisket til meget stift Skum, sagte deri. Det heldes i en smuk Lerform, blødt med koldt Vand og strøet med hvidt Sukker. Den kan spises 4 à 5 Timer efter, at den er lavet, har man Is at sætte den paa, nogle faa Timer efter. Den serveres med rød, kold Sauce af Hindbær. Fromagen kan kommes i en Randform, som vendes og fyldes med en fin Kompot af Abrikoser eller Ferskener. 537a

Ris à l'amande. (12 P.) Laves som ovenstaaende med Tilsætning af 75 gr (15 Kv.) skoldede, skaarne Mandler. 537b

Ingefærfromage (12 P.) 6 Æggeblommer og 150 gr (30 Kv.) Melis røres til Skum, kommes under Omrøren i $^1/_2$ Liter (Pot) kogende Mælk, løftes op, naar det perler i Kanten, og 10 Blade Husblas, udblødt i koldt Vand og vredet op deraf, røres dermed, til de 538

Ja, vi forstår det jo næsten ikke i dag, vi med vores moderne hjælpemidler, ikke engang en elektrisk kartoffelskræller var der, ej heller ditto opvaskemaskine. Dog var der et' kæmpestort Frigidaire – et 'køleskab, i spisekammeret - ved siden af køkkenet. Om det også havde fryseegenskab, kan jeg ikke huske, men jeg tror og mener, at der af og til, - blev lavet **hjemmelavet is**, men om det skete på en helt anden måde, ved jeg ikke? Vi havde også en stor fritstående røremaskine, så sådanne hjælpemidler var der dog.

Køkkenet optog et stort areal af kælderetagen. Det var et stort aflangt rum med et langt køkkenbord langs hele ydermuren ud mod gården. Længst henne var der udgang ad en trappe - op til gården, hvor jo skraldespandene stod, og hvor også 'den såkaldte' **svinetønde** stod, og hvori der kom affald fra køkkenet, som kunne bruges til grisefoder. Det kom der, en mand og afhentede. Mor fik vist 10,- kr. pr gang. Det var hendes private lille lommeskilling, men som 'svinemanden' sagde, var der nu ikke så meget, at komme efter! - for fru Petersen var dygtig til at tage det hele med, der kunne bruges i madfremstillingen.

I dag er det slet **ikke** tilladt at bruge køkkenaffald til dyrefoder, p.gr. af evt. smittefare.

Komfuret var stort og gik vinkelret ud fra bagvæggen, hvor det så havde forbindelse med Stokerfyret i fyrrummet, der lå lige bagved og vendte ud mod gaden, så man let via en lem, kunne få brændslet ind til fyret, derfra.

I køkkenet var jo naturligvis også madelevatoren, - som jo havde forbindelsen op til selve serveringen. Længst inde i køkkenlokalet, var der et **langt** bord med bænke, beregnet til spiseplads for køkkenpersonalet.

Ill. Hotelkomfuret var stort

Jeg kan huske, at en af pigerne engang fortalte mig, at det var dejligt at være hos os, fordi **her** fik personalet, af den samme mad, som pensionærerne. Der, hvor pigen, tidligere havde haft plads, fik man speciel personalemad, som nok ikke var helt så god, som den sædvanlige mad.

Ubudne 'gæster' på hotellet

Her må lige nævnes en kedelig ting, nemli', at vi engang, fik ubudne gæster, 'ind på hotellet', nemlig kakerlakker. Uff, jeg mindes det, som noget frygteligt noget. Kakerlakker, er jo ikke farlige, men alligevel syntes man, - at de er væmmelige og uhygiejniske, så det var om at slippe af med dem hurtigst muligt. Heller ikke godt, hvis sådan en invasion på hotellet, spredes rundt med sladder.

Ill. Kakerlakker på hotellet

Man havde dengang, en formodning om, at krybene, kunne være kommet ind til os, via noget indkøbt mel, der **så** var inficeret med dem, og det er man jo fuldstændig hjælpeløs overfor, - når sådan noget sker.

Det var **rigtig** svært at komme sådan en plage til livs, - så vi måtte have professionel hjælp, - hvilket vil sige, at der skulle desinficeres, overalt i området. Der kom fagfolk på den opgave, og vi slap af med de ubudne gæster, heldigvis.

I kælderen var også et **stort** vaskerum med gruekedel. Vi havde altid, en fast vaskekone til at komme og ordne storvasken. Sådan var det dengang, at nogle koner kunne ernære sig ved at gå ud som vaskekone. Det var et **hårdt** job, - da der jo ikke fandtes nutidens hjælpemidler, og vaskekonerne, skulle stå med både **meget** varmt vand og derefter skylle alt tøjet, med håndkraft i koldt vand.

Hos os, hjalp stuepigerne naturligvis til i de dage, hvor storvasken foregik, og det var også dem, der hængte alt det vaskede tøj op til tørring. Det var også i kælderen, at det tørrede, derefter lagt sammen, måske strakt og stænkede Koldrullen stod også i det store vaskerum. Her blev duge, sengelinned osv. rullet på vores koldrulle, som en rulle var el. valse på et' stativ, hvor man, - efter at have stænket sit tøj med vand. Ruller man tøjet igennem koldrullens valse, bliver tøjet derefter bliver utrolig glat, knivskarpt og blankt. Så man behøvede slet ikke stivelse.

Ja, et kæmpearbejde var det, og nutidens mennesker fatter slet ikke, hvordan det overhovedet kunne lade sig gøre, og hvordan man i det hele taget, kunne overkomme alt dette.

Nu om dage, vil man jo sende alt vasketøjet fra et hotel eller restaurant - til et vaskeri og lave en' vaskeriaftale. Ligesom mange firmaer i dag, udelukkende lejer alt igennem vasketøjsfirmaer.

Fra vaskehuset var der ligesom i køkkenet, en trappe op til gården, så man let kunne komme til græsplænen med tøjsnorene, hvor jeg kan huske, at der var lange støttestænger til tøjsnorene, så man rigtig kunne få tøjet højt op til tørring.

Af øvrige mindre rum i kælderen, var der også kartoffelkælderen. Der skulle jo bruges rigtig mange kartofler på hotellet, så der havde vi altid en rigtig stor portion af dette, på lager og måske også andre grønsager, men altså hovedsageligt kartofler, og jeg kan endnu fornemme den specielle lugt af kartofler, der var i det rum.

Af flere omgange kan jeg huske, at far havde lejet et stykke jord, af Andreas Jensen, på Museumsgade for der, at avle egne kartofler, - en anden gang var det et' stykke helt nord for byen, hvor der nu i dag, er tæt bebygget, men dengang altså kun marker. Den kartoffeldyrkning blev aldrig det helt store, og jeg forstår slet ikke, at far kunne overkomme det, men det blev altså forsøgt fra tid til anden. Måske også som en besparelse i køkken-økonomien?

Ill. Kartoffelkælderen

Ud for vores garage, var der en ret stor åben gårdsplads, og det sidste stykke grund over imod naboerne var optaget af en stor græsplæne. Nogle steder i haven, var der bede med blomster. Vi havde skam også et' lysthus lavet ud af en' bøgehæk. I den sad vi somme tider om sommeren. Det var rigtig hyggeligt!

Men hvad, blev der så af hotellet, og hvornår, blev det bygget?

Ja, bortset fra - at jeg ved, at omtalte frøken Clausen havde bygningen, før mine forældre, ved jeg ikke noget om, hvornår det viste 'sig på arenaen' - men jeg ved, at hotellet blev beslaglagt, som det hed, af den tyske besættelsesmagt, i marts 1945.

Da slog min fars ihærdige gentagne anstrengelser for at beholde det, **ikke** til længere. Vi fik der, besked om at forlade hotellet ret hurtigt, samt fortalt, hvad vi **måtte** tage med og hvad vi **skulle lade blive**. Det var **meget** trist!

Jeg skulle konfirmeres d.15. april i 45, så netop den festlighed, nåede vi lige akkurat, ikke at få med.

Vores kokkepige, var kæreste med en' af Gestapo'erne

Inden det kom så vidt, altså at hele hotellet blev taget, havde tyskerne, allerede beslaglagt 3 værelser, oppe på 1. sal.

Det var 3 mænd fra Gestapo, der boede på de værelser. Gestapo, oversat – Geheime Staatspolizei. Det var bestemt, ikke hyggelige gæster at have boende.

Den ene viste sig efter krigen, slet ikke var tysker, men dansker fra Odense.

Ill. Kærlighed med gestapomændene

En af Gestapomændene, var desuden kæreste med vores kokkepige, og da hun lige pludselig fandt på, at det **ikke** længere, var nødvendigt at skrælle kartofler til alle pensionærerne, - turde mine forældre ikke gøre indsigelse omkring dette, på gr.af af hendes forbindelse til Værnemagten. Men man kan hurtigt forestille sig hvilket griseri, der blev, når gæsterne selv skulle pille deres egne kartofler, rundt omkring ved bordene?

Vi måtte altså forlade hotellet, og selvom vi fik taget en hel del med, tror jeg nok, at en del gik tabt ved den lejlighed, bl.a. mit dukketeater, som vist forblev på hotellet, for ellers ved jeg ikke, hvor det blev af. Jeg havde et ret stort dukketeater i form af 'Det kongelige Teater' i en' miniature-udformning.

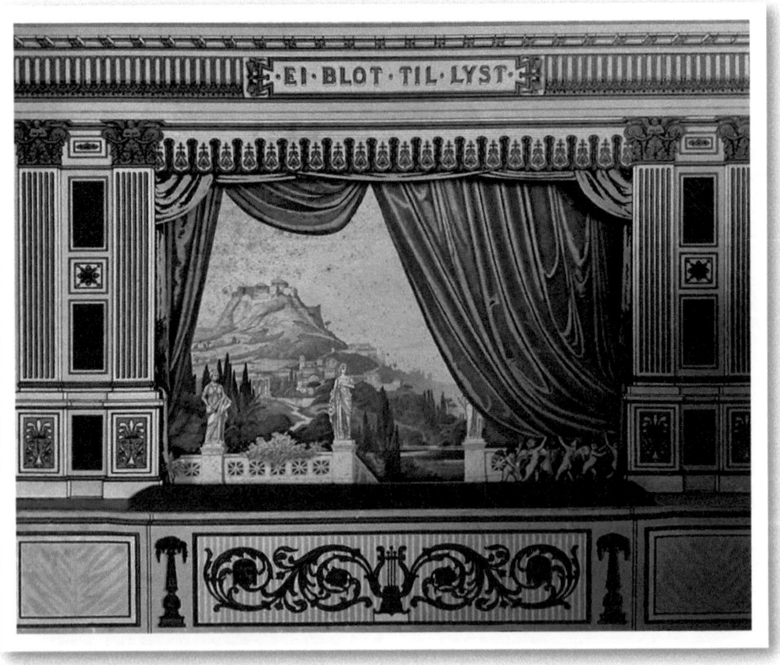

Her det 'Det Kongelige Teater', som var mit legeteater

Måske mor har synes, at det teater, var jeg blevet for gammel til og at vi mere skulle koncentrere os om, at få det vigtigste med os. Min mor, kunne ellers i det daglige, godt, finde på, at give meget af mit legetøj væk, til vores besøgende børn. Hun tænkte slet ikke på, at jeg kunne ha' haft glæde af mine ting, til mine evt. egne børn, det har jeg siden flere gange, tænkt på.

Heldigvis havde vi i forvejen, allerede vores privatadresse p 2. sal i Dalgasgade 3, så vi var ikke som sådan, 'familie husvilde'. Vores personale måtte så søge andet arbejde og blev hurtigt, spredt for alle vinde.

Hvad blev hotellet så brugt til under tyskernes overtagelse?

Jo, der blev indkvarteret flygtninge, i hvert fald efter befrielsen. Da kom der **rigtig mange** tog med flygtninge fra Østersøområdet, herop. De første flygtninge, der ankom til Herning, fik altså ophold på hotellet. Der boede de så, og når der kom flere tog med nye og flere flygtninge på vej længere op i Jylland. Ja, så løb de, der **allerede** boede på hotellet, over til flygtningene, der sad i toget, - som holdt ovre på banegården, overfor. Der blev så bragt mad over gaden, - i form af supper og lignende, som der var lavet nede på vores store komfur, i kælderen.

Det har måske bare været noget kålrabisuppe, ja, hvad 'beboerne' nu havde kunnet skaffe og som de selv, har kunnet undvære. Det blev så, - bragt over til toget, i det der fandtes - af service på hotellet, skåle, glas, fade, bestik osv., - når så toget blev fløjtet afgang, kørte det bare afsted med 'hele molevitten'.

Det betød, selvfølgelig det, - at da hotellet **endelig** blev frigivet - hen på året 1946, var det rippet for så godt, som alt inventar, - af den art. Fremgangsmåden, jeg her har beskrevet, er noget jeg har fået fortalt, men faktum er, at da hotellet blev givet tilbage til mine forældre, var det i en **meget** miserabel stand, og der manglede netop al servicet og den slags ting.

Jeg husker, at jeg var med på hotellet en' gang efter frigivelsen, og selvom jeg ikke husker så meget (for jeg tror, at man i sådan, en situation, - gerne ville skynde sig ud af 'dette' igen?)

Men jeg mindes, at der lugtede **meget** grimt og fælt, - at samtlige rum, var næsten tomme, og tapetet hang i laser. Jeg syntes, det var **rigtig** væmmeligt og så sørgeligt, at gense.

'Hvad skulle mine forældre nu stille op med det hele?'

Det var nu det store spørgsmål, der i sommeren 1946. For hvad, skulle mine forældre nu stille op med det hele? I den tid, at selve beslaglæggelsen varede, formoder jeg, at de fik et fast beløb pr. måned af Herning Kommune 'som en slags løn eller leje'. Penge skulle de da have, for at vi kunne have noget at leve af.

Nu da hotellet var 'givet tilbage' ' var der **mange** store spørgsmål at tage stilling til.

Det var jo mine forældres levevej, det drejede sig om. Skulle de forsøge at genåbne hotellet, der som det stod, jo manglede faktisk alt? Der skulle jo en' formue til, for at få hotellet på ret køl igen. Far og mor, havde jo ikke pengene, - og jeg har i hvert fald heller ikke hørt om nogen krigsskadeerstatning, eller om kommunen på det område, trådte til?

Dertil kom et lige så stort problem! Nemlig' mine forældres fremskredne alder. Min far var på det tidspunkt 51 år og min mor 62. Hun var egentlig også, på det tidspunkt ret så udslidt efter alt det arbejde med hotellet, alle de foregående år, - så det var næsten urealistisk for dem at kaste sig ud i sådan et stort projekt.

Desuden skal man huske på, at der i den grad var varemangel, lige efter krigen. Man kunne ikke engang købe det, der manglede, selv om man faktisk, havde haft pengene dertil. Men fordi det hele var så uafklaret, havde mine forældre allerede prøvet, så godt de kunne at anskaffe noget..., f.eks. var det lykkedes min mor, - at få fat på nogle ruller lærred eller linned fra 'Herning Dampvæveri', for deraf at få syet lagner, dynebetræk samt duge. Men det forslog jo ikke rigtigt, i 'det store regnskab'- det kunne man jo ikke opbygge et hotel, på, vel?

Ill. Krigsbestikket, som far kunne indkøbe efter besøget i København. Bestikket som er groft, har jeg stadig

Min far tog skam til København til det, der hed Varedirektoratet for at søge om lov til at købe nyt bestik 'til gæsterne'. Far ventede og ventede, - i forkontoret der. Han kunne ikke få foretræde, men far sagde, at han blev siddende, indtil han kunne ind og fremføre sit ærinde.

Det resulterede i, at han blev bevilget tilladelse til at købe 2 dusin/24 sæt knive, gafler og skeer, i rustfrit stål! Det blev indkøbt, og jeg har den dag i dag noget af det bestik, for det kom jo nemlig aldrig i anvendelse, på hotellet.

En anden ting var, at far også havde ansøgt om tilladelse til ekstra sæberation, til rengøring af hotellet. Der var jo, som så meget andet, også ration på sæbe. Det fik far så en bevilling på, til at han måtte købe 1. kilo Brun sæbe. Hvad skulle det dog forslå, - til et hærget hotel efter tyskernes ophold der? - så min far syntes, det var **en hån** uden lige. Han var **så** vred, at han simpelthen sendte bevillingen til sæbe indkøb retur til Varedirektoratet. Igen, viste min far her, sin ukuelighed imod uretfærdigheder.

Nej, situationen var uholdbar for familien. Mine forældre vidste hverken ud eller ind, hvad de skulle dog gøre? Men da var det, at min mor en dag tog affære. Hun ringede simpelthen til borgmesteren og foreslog, at Herning Kommune købte hotellet og brugte det til at indrette lejligheder til husvilde, som der på den tid var mange af.

Tænk, dette forslag gik virkelig igennem ved kommunen, og hotellet blev solgt i den stand det nu var i, for 150.000 kr. Det var jo en god solid køber, må man sige, og mine forældre var nu løst fra alle 'deres' forpligtelser. Alt i alt, var det en rigtig god løsning.

Det overskydende, af vores møbler og inventar, som vi ved beslaglæggelsen måtte tage med fra hotellet var opmagasineret på loftet af toldkammeret i Herning. Det var de ting, vi ikke kunne have plads til dengang, i lejligheden, Dalgasgade 3. Toldforvalter Hansen var fars gode ven og hjalp os på den måde, med opbevaringen.

Vi flyttede til Kolding landevej, i Vejle

Tilbage stod stadig et spørgsmål, for hvad skulle min far, nu give sig til, hvad skulle de ernære sig ved? Med min fars alder 51, næsten 52, var det allerede dengang ikke så let at komme ind, i et andet arbejde.

Imidlertid havde min morbror, onkel Johannes, der boede i Give - i Vejle Amts Folkeblad set, at forsikringsselskabet 'Nordisk Liv og Ulykke' søgte en' assurandør i Vejle.

Vores flotte ældre villa på Kolding landevej 12, i Vejle, ca. 1946

Nu havde min far, jo allerede på en måde 'været ansat' netop i det' firma, som ekstra indtjening. I flere år havde far tegnet forsikringer for 'Nordisk Liv og Ulykke' under sin overordnede, Overinspektør Krüger, og det blev netop denne mand, der kom til at spille en afgørende rolle, for på hans anbefaling, fik far stillingen i Vejle.

Det var jo rigtig dejligt, men det betød også det, at vi skulle flytte..., og det var jeg ikke så glad for. Det betød jo et' skoleskift for mig og det at skulle tage afsked med flere gode veninder -og kammerater, i Herning.

Så i januar 1946 begyndte min far i sit nye job i Vejle, efter vi havde købt en ældre villa, på Kolding Landevej 12 og den 27. januar begyndte jeg i 1. g på Vejle Gymnasium.

Her er beretningen om hotellet sådan set færdig, men jeg vil gerne, lige knytte nogle ekstra betragtninger til.

Jeg føler, at jeg har haft hele min barndom, indtil jeg næsten var 15 år, på hotellet. Jeg kom dertil sammen med mine forældre, da jeg kun var 4 måneder - til jeg startede på Vejle Gymnasium i - 46.

Det føler jeg alligevel, selvom vi jo boede 'privat' andre steder i byen - fra jeg var ca. 8 år, nemlig i Smedegade 3, Dalgas Alle' 45, Dalgasgade 45 - og endelig Dalgasgade 3.

Til trods for at vi boede de forskellige steder i Herning, - var vores, især min tilknytning til hotellet, sådan - at vi følte dette, som egentlige 'vores hjem'.

Vi kom jo på hotellet, hver eneste dag, spiste der, var der konstant, holdt vores juleaftener der osv.

Ja, det var da sådan for mig, at når jeg som barn, gik rundt i gaderne, i Herning – og så op på vinduerne med alle gardinerne og potteplanterne, i de forskellige lejligheder, så tænkte jeg i mit stille sind: Hvordan kan de mennesker dog holde ud, **ikke** at leve på et hotel?

Sådan havde jeg det altså, da jeg var barn. Det liv og de mennesker - personalet og gæsterne, der jo altid var der, kompenserede så udmærket for min mangel på søskende. Jeg har syntes, at det var et spændende liv, - ja, det var jo hele min barndom.

Derfor smerter det også lidt, at det' jeg kendte dengang, nu 'på en' måde' - er indeni den store kolos, hvor nu DSB og Postterminalen i Herning i dag, ligger? Udviklingen **er** jo sådan og den kan ingen af os kæmpe imod, og vi må sande, at ingenting bliver ved med at være som det var, tideligere.

For at den nuværende 'store kolos' der, kunne bygges - måtte hele kvarteret, Jernbanegade, Smedegade og dermed helt op til Sølvgade, væk. Det er ikke 'kun' hotellet, der ligesom er indeni den. Nej, flere andre huse måtte også 'lade livet'. Inden Banegården blev opført og hotellet, var blevet revet ned, nåede kommunen at oprette en offentlig parkeringsplads på hele arealet.

Ingenting bliver ved at være som det var. Men jeg har ofte tænkt tilbage på hotellet – hver eneste gang, jeg har kørt forbi med toget, forbi terminalen og videre på min tur til Sjælland. Jeg har aldrig brudt mig om den 'grimme betonklods' af den nuværende banegård.

Pigerne på KFUM. Mener, at det er kusine Rigmor med det hvide forklæde

Digt af Nadine Starr, 85 år

Hvis jeg kunne leve mit liv om...

Jeg ville turde gøre flere fejltagelser.
Jeg ville slappe mere af. Være mere smidig.
Jeg ville være mere enfoldig.
Jeg ville tage færre ting alvorligt.
Jeg ville tage flere chancer, jeg ville ha' flere oplevelser.
Jeg ville bestige flere bjerge og svømme over flere floder.
Jeg ville spise flere is og færre bønner.
Jeg ville måske have flere vanskeligheder, men færre indbildte.
Ser du, jeg er en af dem, som lever følsomt og sundt.
Time efter time, dag efter dag.
Åh, jeg har haft mine øjeblikke - og hvis jeg skulle leve dem om igen, ville jeg ha' flere af dem.
Faktisk ville jeg ikke prøve noget andet. Kun øjeblikke.
Det ene efter det andet, i stedet for,at leve så mange år med tanke på morgendagen.
Jeg har været en af dem, som aldrig tager nogen steder hen, uden et' termometer, en varmedunk, en regnfrakke eller en faldskærm.
Hvis jeg skulle leve mit liv om, ville jeg rejse med mindre bagage.
Hvis jeg skulle leve mit liv om, ville jeg begynde at gå barfodet tidligere om foråret og blive længere ved hen på efteråret.
Jeg ville danse mere.
Jeg ville unde mig selv flere karruselture.
Jeg ville plukke Tusindfryd.

6. Mine mange ferieture på egen hånd

Som jeg har fortalt tidligere, var min mor ud af en stor søskendeflok. I min mors barndom var det meget almindeligt, i hvert fald på landet, at der kom mange børn. Min mor har fortalt, at de oprindeligt var 11 i børneflokken, men 2 var døde som helt små, men altså 8 søskende havde hun, og til mange af dem, blev jeg sendt på ferier - hen ad vejen.

Mine rejser helt alene startede, da jeg **bare** var 6 år. Før den tid, havde jeg haft barnepiger til at se efter mig. Dem husker jeg så ikke, men har et' foto af en enkelt - og mindes også svagt, at vi var i Søndre Anlæg, for at fodre svaner.

Svanerne blev noget truende, kan jeg huske. De unge barnepiger, erindrer jeg ikke noget om.

Da jeg kom i skole, allerede som 6-årig havde jeg naturligvis ikke en barnepige mere, men nu var det en **lang** sommerferie, som blev 'et problem' for mor og far. Skoleferien, som dengang, nok var på hele 6-7 uger.

Det ville blive alt for lang tid, at have mig daskende rundt, alene, derhjemme. Legekammerater havde jeg da også lige i nabolaget, men alligevel, - ikke hele tiden - for de skulle eventuelt også afsted på ferie.

Hvad skulle mine forældre så? Løsningen blev så at sende mig rundt til familien, dog ikke **hele** sommerferien, men en uge eller en halv snes dage, eller hvad familierne, nu har kunnet blive enige om. Ofte befandt jeg mig nu så godt, hvor jeg var, at jeg fik lov at blive lidt længere end først aftalt.

Bagpå foto'et har mor skrevet, 2 søde piger i Søndre Anlæg (skulpturen i baggrunden)
Se hvor fin min kjole er med borter.

Heldigvis led jeg ikke af hjemve, men tilpassede mig hurtigt. Jeg havde det altid dejligt på disse små ferier. Mine forældre var trygge derhjemme og kunne stadig passe deres metier på hotellet.

Det var det rene svir'- sådan, at komme på ferie!

Min debut som feriepige startede netop, da jeg var 6 år, og turen gik til Vejle til min kusine Rigmor, som havde været hos mine forældre op igennem sine ungdomsår. Hendes mor var død i barselssengen, fra 5 små piger, hvoraf Rigmor var den næstsidste. Dette gjorde, at hun fik meget af sin opvækst og ungdomstid hos familien. Hun var født i 1908 og jeg i -31, så der var altså 23 års forskel, og båndene imellem os 2, har altid været meget tætte og stærke. Ja, Rigmor var næsten som en søster eller ekstra mor for mig. Med de 23 års forskel, på os - kunne hun jo i og for sig, godt ha' været det.

Det var også tit Rigmor, jeg søgte råd hos i mine teenageår, ligesom mor gerne forhørte hende om det' og det gik an, angående mig og 'mine udflugter', dans på 'Røde Mølle' (dansested i Vejle) osv.

Her vil jeg lige indskyde, at Rigmors mor hed Katrine. Hende har jeg aldrig kendt, hun døde jo som sagt i barselssengen, - så på den måde havde min mor altså kun 7 søskende, da jeg kom til verden.

Min første rejse gik altså, til Vejle hos Rigmor, med toget. Helt alene på rejsen var jeg dog ikke, idet min mors gamle veninde, Kirsten Kristensen, også var med toget. Hun skulle til Børkop, der ligger imellem Vejle og Fredericia. Mor og Kirsten havde en aftale om, at jeg kom godt af toget i Vejle, hvor jeg ville blive modtaget af Rigmor.

Lille Ole

Med mig - havde jeg min lille gule kuffert, som kom til at følge mig på **mange** ture. I den havde jeg mit tøj og toiletgrej, og min lille pung, med lidt lommepenge. Hjemmefra havde jeg desuden min mors formaninger om at være god til, - at holde orden i min lille kuffert med mit tøj - samt hjælpe Rigmor, hvor jeg nu kunne. Familien bestod også af Rigmors mand, Jørgen Basse Hansen, også kaldet Basse - og så deres første barn, Ole, der var 4-5 år yngre end mig.

Jørgen Basse's værktøjsforretning i Vejle

Basse var dengang, ansat i en værktøjsforretning i Vejle, som han senere kom til at eje. Han var altså på arbejde **hele** dagen. Ham var jeg en lille smule bange for, at han måske ville synes, - at jeg var 'i vejen' når han kom træt hjem fra arbejde, - men det gik nu alt sammen udmærket. Ole og jeg kom begge to, i en stor vaskebalje på køkkengulvet, når vi skulle vaskes. Jeg fik også lov til at falde i søvn i Rigmors seng.

Senere, når jeg var faldet i søvn og de så selv skulle i seng, blev jeg båret ind i min egen, af Basse.

Det var en ren svir' at være på ferie hos Rigmor og Basse. Det skete flere gange, over de følgende år. Nogle gange var vi i et' sommerhus i Bredballe, ved Vejle Fjord. Andre gange, var det i lejligheden, inde i byen. Jeg blev nok rigtig forkælet.

Hos Rigmor fik man sådan noget revet chokolade på havregrøden. Uhm, det smagte godt, og min livret hos hende var bankekød, så det fik jeg jo, også!

Når vi var i lejligheden, nød jeg at gå alene ned i Vejle by og købe lidt for mine lommepenge. Jeg tror, det var mest glansbilleder, som jeg var **meget** glad for, og som jeg klistrede ind i et album.

Med Rigmor besøgte jeg en gammel dame i Vejle. Hun blev kaldt moster Pagh. Jeg ved ikke, om det var min mors moster, eller hvordan det hang sammen, noget familie har det nok været. Jeg kan tydeligt huske, at vi var der, jeg tror Pagh sad og hæklede - men derudover har det ikke interesseret mig så meget.

En af de gange jeg var hos Rigmor og Basse, kom jeg endda med dem på **deres** ferie. De havde lånt Basses fars HGT, en høj gammel Ford, og i den kørte vi til Fyn. Dengang var der vejtræer på begge sider af landevejen, og det bevirkede, at det var som at køre inde i en tunnel af grønne træer. Det er et 'billede', som sidder meget tydeligt i min hukommelse. Nu er træerne jo væk mange steder, af sikkerhedsmæssige grunde, mht. trafikken, men dengang var det en dejlig oplevelse.

En anden begivenhedsrig oplevelse var engang, da det var Basse's fødselsdag, kom jeg endda med ud at køre i Charabanc hestevogn, til en kro på landet.

Jeg var ikke vant til køre i bil. Vi havde ingen i mit hjem. Nu kom jeg altså ud at se noget af Danmark, og det i en bil! Vi kom til Odense, hvor 'Odinstårnet' endnu stod, så det har jeg altså set. Det blev senere under krigen ødelagt i Schalburgtage, en hævnakt fra tyskernes side, som modtræk til en sabotage imod dem.

Vores mål på bilturen, var nu ikke Odense, men et besøg hos Ellen og Karl Kyed. Han var førstelærer i en landsby på Fyn, men jeg ved ikke, hvad den hed. Ellen var datter af min mors fætter, Kristen Peder, og da hun også var blevet moderløs ved fødslen, var hun også kommet til min mor i sine unge dage, ligesom Rigmor var det. Netop hos Ellen og Kyed oplevede jeg nu, faktisk lidt ængstelse ved sådan at være ude på egen hånd. Jeg kom ud for et' par ting, der foruroligede min samvittighed, desværre...

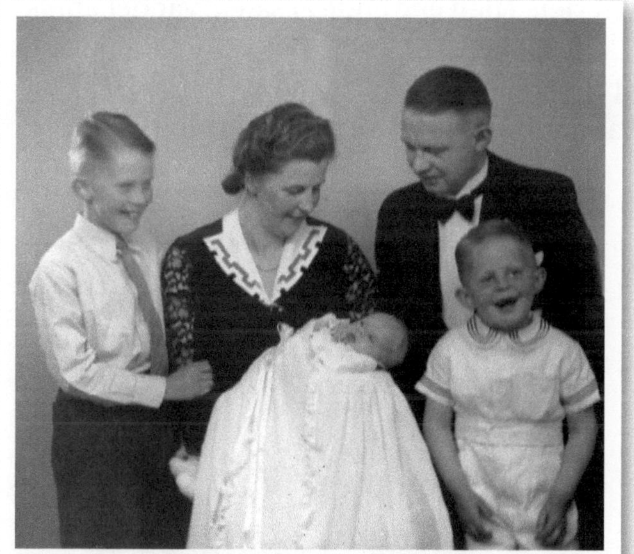

Hele familie Basse: Rigmor med Kis, Jørgen og Ole samt den yngre bror Gert

Den første ting der indtraf sig var, da vi skulle til at spise frokost. Her ville jeg tage saltbøssen og have lidt salt på min æggemad, - men der kom ikke noget ud af saltbøssen, så jeg skruede lidt på låget. Lidt efter gik bøssen videre til Ellen, hvor hele låget gik helt af, og ud kom der, rigtig meget. Der sad jeg og følte, at det var min skyld, og det havde jeg det ikke godt med, men jeg turde heller ikke sige noget om dette. Det var ikke så rart, men jo heller ikke noget, som en lille pige, kunne gøre for.

'Fik dårlige drømme om natten'

Til skolen hørte også en gymnastiksal, og der indtraf den anden episode for mig, - senere på dagen.

Jeg havde fået lov at gå over i salen, som jo var hel tom, der i sommerferien. I den ene ende af salen, var der en' skoletavle, og der lå nogle stykker kridt. Det var jo alletiders at kunne få lov til at skrive og tegne der på tavlen, men ak' og ve' - jeg kom til at brække et' stykke af tavlekridtet.

ill. Skoletavle

Set i bakspejlet i dag, var det nok ikke så slemt, men dengang pinte det mig meget, og jeg gik alene med det, for jeg turde jo ikke sige mine bekymringer, til nogen. Om natten, derefter – var jeg så lidt urolig, og Jørgen Basse var oppe på værelset, for at se til mig. Det var måske omtalte hændelser, der havde plaget mig lidt i søvne, men bortset fra dette, er det også den eneste gang, - jeg har været lidt ked af at være alene hjemmefra. Jeg husker ikke noget fra alle de mange andre gange.

Fra besøget hos lærerfamilien kørte vi hjem til Herning til mine forældre.

Da vi var kommet hjem igen til Herning, - til mine forældre, var det dengang, hvor vi boede i en lejet villa, i Smedegade 3. Der legede Ole og jeg i haven. Jeg tror, han har været de 3 år og havde sit fine Matrostøj på.

Familie Basse på tur

Der var et rundt vandbassin med vandplanter og et' par guldfisk. Så skete det, at Ole netop fik overbalance og faldt i vandet. Heldigvis skete der kun det, at han blev våd og blev hurtigt fisket igen op af vandet. Hurtigt fik han skiftet tøjet og lidt rystet, har han jo nok været.

Alle besøgene hos Rigmor og Jørgen Basse er nok dem, der har printet sig stærkest i min hukommelse, måske fordi det var det allerførste sted, hvor jeg var så ung. Men jeg har været mange andre steder, og nu remser jeg dem op i vilkårlig rækkefølge, for jeg kan slet ikke sætte årstal på - eller huske, hvor gammel jeg har været, de forskellige steder.

Jeg har været hos onkel Knud, hos onkel Peder, hos moster Kirstine i Grindsted og hos onkel Christian, i Ringsted. Jeg har også været i Svendborg hos min ældste farbror, Johannes - der var præst der, og jeg har endda været på ferie hos Rigmors far og stedmor, desuden har jeg været med min legekammerats kusine, på ferie i hendes hjem i Trandum ved Skive.

Jeg jo været en del væk hjemmefra og jeg kom på den måde, ret godt rundt på Danmarkskortet.

De eneste af mors søskende, som jeg **ikke** kom til, var de 2 yngste, morbror Johannes og moster Mie, som begge var ugifte. De havde ikke stiftet hjem selv, men havde forskellige stillinger rundt omkring. Desuden var der mors ældste bror, Niels, der var førstelærer i Vorde ved Hjarbæk Fjord. Der kom jeg ikke på ferie, men kun på endags besøg, sammen med mine forældre.

Onkel Knud havde en gård i Tapdrup, lidt øst for Viborg. Der boede han og Mary, hans steddatter, som holdt hus for ham. Onkel Knud var kommet til gården som bestyrer for en enke med 6 børn. Han blev gift med enken, tante Andrea, som jeg aldrig har kendt. De fik sammen, et barn Olaf, en dejlig dreng.

Han blev desværre dræbt, - da han kun var en 15-16 år og var medhjælper hos en murer, hvor de skulle vælte en gammel lade ned. Da faldt der en mur ned over Olaf og han blev dræbt. Han var ellers en vild krabat, der turde køre på cykel på vandtårnets tag, blev der fortalt. Jeg syntes altid, det var så synd for onkel Knud, - fordi han havde mistet det eneste barn, han fik. Onkel Knud var så mild og sød. Jeg kunne rigtig godt lide ham. Nu kom jeg altså til ham og Mary, på en rigtig bondegård med køer og grise, også med roer i marken. De skulle jo hakkes, som det hed, altså luges og tyndes ud, og jeg var med.

Det så spændende ud, syntes jeg, - så det ville jeg da også gerne prøve, men det fik nu snart ende med mig, for det viste sig jo at være ret strengt, så det blev jeg hurtigt træt af, men jeg var med på læsset, da der senere, skulle køres hø hjem.

Der var nogle køer, som skulle flyttes til et andet græsstykke. Jeg skulle være med til at gøre dette, men da skred mit ene ben ned i et hul eller en grøft, hvor der sad en skarp sten og stak ud, og da skar jeg mig på anklen, så det blødte ret stærkt og gav mig senere et' ar til minde, om dengang på bondegårdsferien. Åh, men det var dejligt at være der, og det er de minder, jeg har derfra.

Onkel Peder var Møller/passede melmøllen - og boede med tante Petrea i Mårslet, syd for Århus. De havde 5 børn, 3 piger og 2 drenge. Erna, Edith og Hedvig og Rikard og Svend Åge. Alle var de nu fløjet fra reden, undtagen den yngste, Svend Åge, som bare var nogle år ældre end mig. Han var ikke så stor af sin alder, og jeg husker, at vi tog med toget ind til Århus. Jeg kan ikke huske, hvad vi skulle der, men jeg mindes, at Svend Åge rejste på børnebillet, selvom han var over grænsen. Det turde han, fordi han ikke var så høj, og jeg tror nok, at jeg var lidt imponeret, men også lidt urolig, for det var jo ikke helt i orden.

Jeg har nok været 10-11 år, og netop der i tiårsalderen skød jeg godt 'i vejret' og var lidt tynd og ranglet. Hjemme så jeg jo mad oppe og mad nede, i henholdsvis restauranten og i køkkenet. Jeg tror, det var årsag til, at jeg **ikke** altid havde den store appetit. Jeg var faktisk aldrig sulten. Desuden er jeg altid blevet presset til at spise og også, at spise op. Mine forældre har nok altid været bekymret for, om jeg fik nok at spise, helt fra jeg var ganske spæd. Det hed sig, at jeg var svær at få i gang, så de har nok lavet alle mulige krumspring for at aflede mig og få proppet noget mad i mig. På fotos fra min barndomstid, ser jeg da ellers ret rund og trivelig ud, synes jeg.

'Forfærdeligt, at far troppede op!

Mit værste minde har jeg, fra min skolegang på Nørregades Skole i Herning, var da jeg engang havde glemt min madpakke, og at min far **pludselig** bankede på døren til vores skoleklasse, og det midt i en time.

ill. Min madpakke med den gule sodavand

Så stod far der og sagde: 'Undskyld, jeg skulle bare aflevere dette til Anna-Ruth!' Jeg var ved at synke i jorden, af skam. Det var min madpakke, han kom med, men ikke nok med det, havde han også en gul sodavand, med. Det var så forfærdeligt! - det 'lugtede' jo så langt væk af forkælelse, og det havde jeg slet ikke brug for. Ih, hvor var jeg gal indeni og i hvert fald slet ikke taknemmelig. Jeg var jo nok ikke død af sult, uden dette!

Nå, men jeg tror, at det var tante Petrea, i en af mine ferier, som sagde 'Nu skal vi se at få dig fedet op, så de ikke kan kende dig, når du igen kommer hjem' Det var også hende, der sagde 'Har du ikke lyst at blive her, lidt længere?' Ja, det ville jeg da gerne. Jeg ringede hjem til mor og spurgte. 'Savner du os slet ikke?' spurgte mor. Jow, naturligvis sagde jeg, - men jeg fik jo alligevel lov. Jeg ved egentlig ikke, hvad jeg sådan lavede der, men jeg havde det dejligt, og Svend Åge, der ikke var så meget ældre, var der jo også at lege med.

Nogle gange rejste jeg ud på mine rejser, med tog, - andre gange blev jeg så hentet ved, at mine forældre kom på besøg og tog mig med hjem. Jeg har et fotografi, hvor det netop ser ud som om, de er kommet i bil med chauffør til Møllen i Mårslet. På den måde fik de jo også set familien af og til.

Jeg kom også til Grindsted til moster Kirstine. Hun var min mors ældste søster. Hun var ugift, og hun var 'husmoder' på KFUM der i byen. Det vil sige, at hun stod for hele husholdningen med alt, hvad dertil hører. Hun havde unge piger til hjælp. Det var jo akkurat, som mor, var det på KFUM, i Herning.

Bygningen i Grinsted, var en ret stor, hvor der foruden det, at der var mange faste daglige pensionærer også holdt fester med bespisning, så moster Kirstine havde meget at tage sig af.

Jeg blev rigtig forkælet hos hende. Vi gik i byen, husker jeg, og moster købte en fin svingtaske til mig. Det var en gave og jeg syntes det var flot, af hende. 'Svingtaske' - sådan kaldtes det vist dengang, en skuldertaske med lang rem.

Jeg sov inde i mosters soveværelse. Der var meget højt til loftet, og ned fra det - hang der nogle **lange** spindelvæv, som duvede langsomt frem og tilbage, ved den mindste træk. Jeg var **helt** optaget af at ligge og kigge på dem. Jeg syntes, de var lidt uhyggelige, men jeg faldt nok helt i søvn, ved at se på dem.

Mine forældre kom på besøg i Grindsted, da jeg var der, og jeg husker, at min far og jeg gik til byens stolthed, 'Det nye friluftsbad' – og sådan et' havde vi jo ikke i Herning. Min far klædte om og tog sig en svømmetur. Jeg badede nok **kun** i den lave ende, for jeg kunne ikke svømme.

Min far gik kun lige fra omklædningsrummet og ned til badet. Han havde en skjorte over skulderen, for solen skinnede. Alligevel blev han så solskoldet på ryggen, at der kom en masse små blærer. Det husker jeg så ganske tydeligt. Jeg syntes, det var mærkeligt, at det kunne ske, men fars hud var meget sart. Han havde også været rødhåret i sin ungdom. Sammen med mine forældre, rejste jeg så senere hjem.

'Onkel Christian bestilte billetter til en' hel stolerække!'

Den sidste af mors søskende jeg kom til, var onkel Christian, i Ringsted. Nu kom jeg altså helt til Sjælland! Da har jeg nok været i konfirmationsalderen, tror jeg. Onkel Christians kone var død for mange år siden, tante Camilla. Hun døde vist af tuberkulose, så vidt jeg ved. Hende har jeg heller aldrig kendt.

Onkel Christian var Handelsmand, han handlede f.eks. med landbrugsmaskiner. Han havde 3 børn, Anna, hendes tvillingebror og en bror, der var ældre. Drengenes navne kan jeg ikke huske, men Anna var jeg glad for, hun var lidt ældre end mig. Fra det besøg husker jeg, at vi en aften var i biografen. Det der gjorde mest indtryk var, at onkel Christian bestilte billetter til en hel række sæder, lidt lige som Simon Spies, måske ikke en hel række, men i hvert fald flere sæder, end vi skulle bruge. Christian var nok lidt af en spasmager. Han var den alleryngste af mors søskende og havde været ligesom en' af familiens sorte får, f.eks. var han sprunget af toget udfor sin kærestes forældres gård, da han var Dragon, for at undgå at tage med ind til stationen og så skulle gå helt tilbage og ud til gården. Det kostede ham en brækket arm, en episode, der blev fortalt i familien. Han var den eneste, der bosatte sig så langt væk som på Sjælland, så det var ikke så meget forbindelse, vi havde med ham, men han var med til mine forældres sølvbryllup i 1949. Da var jeg 18 år og jeg husker ham meget tydeligt. Jeg synes han var sjov og charmerende.

Flere gange kom jeg også til Svendborg - til min fars ældste bror, onkel Johannes og tante Dott, som var hans anden kone. Hans første kone, tante Anna, var død, da jeg ca. var 2 år gammel, så hende kan jeg ikke huske. Der var 3 børn, Johannes, Carl Michael og Else. De var alle tre tæt på hinanden i alder og ca. 10 år ældre end mig. Med tante Dott fik onkel Johannes en søn, Bendt, som er 7 år yngre end mig. Jeg har et foto, hvor Bendt og jeg sidder på gulvet. Jeg læser op af en bog for ham, - da har jeg nok været 11 år. Det år havde jeg ikke fået fødselsdagsgave endnu, af onkel og tante som jeg plejede at få, - så nu fik jeg penge til at gå ned i byen og selv købe en' ting, jeg gerne ville have.

Her læser jeg op for min fætter Bendt

På vejen traf jeg en dame ud for apoteket, som lå lige ved siden af præstegården. Hun trak en cykel med et' barn i en barnestol. Hun bad mig gå ind på apoteket og få noget til hende på en recept, hun havde. Hun sagde, at det ville være en stor hjælp for hende, - nu hun havde både cyklen og barnet, at tage vare på.

Jeg ville da gerne hjælpe hende og gøre hende den tjeneste. Intetanende gik jeg jo ind på apoteket, hvor tilfældet ville, at min kusine, Else netop var i lære som defektrice, som var en 3-årig teknisk uddannelse på et apotek. Hun blev da noget forundret over at se mig, og det viste sig så, at damen udenfor, var narkoman og kendt af personalet. Det var derfor, hun ikke ville ind og ordne sit indkøb selv.

Hvad der yderligere skete, husker jeg ikke, men det viste altså mig, hvad man som barn skulle tage sig i vare for, mht. til **helt** fremmede mennesker.

Hvad jeg ellers husker fra opholdet i Svendborg er, at jeg blev gode venner med kirkekonen, som jeg gik over til, i kirken - når hun havde forskellige opgaver der. F.eks. var jeg med oppe i tårnet, når solen skulle ringes ned. Da blev skodderne i kirketårnet, lukket op til alle verdenshjørner, og lyden af kirkeklokken, var jo drabelig høj, men en god oplevelse, det var det.

'Mine fætre i uniformer!'

Senere var jeg også i Svendborg, da jeg var blevet konfirmeret, og da var begge mine store fætre hjemme på besøg. Jeg havde altid set **meget** op til dem, - det var nok aldersforskellen, der gjorde det. Altid var det **så** spændende, når de kom på ferie hos os, i Herning. Det glædede jeg mig altid til.

De kom cyklende til os og blev nogle dage. Nu kom de altså til deres hjem i præstegården, mens jeg var der. De var så flotte, syntes jeg. Begge i deres uniformer. Johs. lå ved Garderhusarerne i Næstved og Mik var hjemme fra Tyskland, hvor han var censor - efter krigen. Vi, Johs. Mik og jeg, var sammen, på en' tur på Tåsinge. Det husker jeg så udemærket, men i den alder jeg havde, følte jeg mig jo lidt 'dum' ved siden af dem, - der var så meget ældre.

Nu mangler jeg kun at fortælle om de sidste 2 steder. Det ene sted, var på Rigmors fødegård, hos hendes far og hendes stedmor. Engang, da Rigmor skulle besøge dem nogle dage ja, så kom jeg da med dertil. Derfra kan jeg så huske, at jeg besøgte min kusine Tinne og hendes mand Emil. De boede på en gård tæt ved, og jeg kan huske, at Tinne skulle bruge noget piskefløde til maden, og jeg blev sendt på cykel til Grindsted, for at hente det. Det er, hvad jeg kan huske, derfra. Jorden er lidt sandet på den egn, men meget god og egnet til kartofler, så Emil blev en stor kartoffelproducent, ved jeg.

Det sidste sted jeg ville fortælle lidt om, er i Trandum ved Skive. Forhistorien er, at jeg blev gode venner med en pige, der kom på besøg i Herning, hos vores nabo. Jeg legede med datteren der Inge Rahn, men hun var en del yngre end mig. Nu kom hendes kusine på besøg, vi var jævnaldrende, omkring 14-15 år gamle, og ja, - så gik det altså sådan, at jeg blev spurgt, om jeg kunne tænke mig at komme med hende hjem på ferie, så sådan gik det til. Jeg havde det godt også der. Desværre holdt vi ikke forbindelsen, og jeg kan ikke huske navnet på hende.

Ja, her slutter beretningen om min lange *odysse/en lang, eventyrlig og farefuld rejse... op igennem min barndom. Mange gode minder har jeg med, derfra. Desuden fik jeg, som enebarn, et' meget godt kendskab til familien ligesom jeg, blev vant til at være ude iblandt folk. Jeg er mine forældre meget taknemmelig for, at de sådan turde give slip på mig. Det er klart, at jeg lærte meget på mine ture og udviklede mig sikkert meget mere, end hvis jeg bare havde gået derhjemme hele tiden, og jeg har aldrig nogen sinde følt, at de gjorde det, for at 'få mig af vejen' - og at jeg ikke var elsket af dem, for det var jeg. I tankerne takker jeg dem stadig for alt det, de gjorde.

Her står jeg 15 år gammel med mine flotte fætre, i uniformer, tante Dot og lille fætter Bendt

Mine fætre: lille Bendt og Johs på stationen og jeg

Til min konfirmation, hvor mor og jeg står i haven

Min flotte lange
konfirmationskjole

Digtet af Anna Ruth,
d. 29/5 1946, 13 år

Rosen

Tænk om man var skøn som en Rose.
saa smuk, saa ren og saa fin
med torne dog væbnet mod alt stygt og ondt
ja, tænk om man var som en Rose
ja, gid dens Skønhed var min.

Tænk om man var skøn som en Rose.
dog ej kun dens ydre Pragt,
men ret at det Indre maa være
mod alt stygt og ondt paa Vagt
saa ud det bliver pint med en vældig Kraft
ja, gid dens Styrke var min.

Tænk om man var skøn som en Rose.
dog ej kun i ydre Pragt,
men ret man i Sindet maa være
saa smuk, saa ren og saa fin
ja tænk man var som en Rose
ja, tænk om dens Skønhed var min.

Min onkel tog ofte billeder af mig

Her er et vinter billede fra Søndre Anlæg
med min kælk og snebolde i favnen

7. Min lange tur på cykel i 1948

Som jeg har været lidt inde på, var min opdragelse både meget fri, og på den anden side blev jeg da også "holdt lidt i snor". Ja, faktisk helt til jeg var 21 og der blev forlovet. Som eksempel herpå måtte jeg da, når jeg var hjemme i Vejle, først spørge om lov til at gå i biografen med en veninde. Derfor kan det nok undre andre, også mig selv, at jeg så 'mutters' alene kunne og måtte cykle næsten hele det danske kongerige, igennem på min cykel. Der var ikke så mange penge blandt folk dengang, heller ikke i mit hjem, men så kunne man komme langt med en' cykel med "Rugbrødsmotor". Man kunne på den måde opleve meget, se dejlige smukke landskaber og få så mange dejlige ferieoplevelser.

Da sommerferien kom i 1948, var jeg færdig med 2. gymnasieklasse. Min fætter Jørgen var blevet student og var halvandet år ældre end mig, søn af min yngste farbror, onkel Immanuel og tante Gitte.

Min farbror var præst ved Tåstrup Nykirke. Jeg var blevet inviteret derover, til at deltage i Jørgens studentergilde. Selv havde jeg altså et' år tilbage i gymnasiet, som 17årig. Ja, selvfølgelig, skulle jeg da med til festen og jeg glædede mig.

En veninde og jeg cyklede til Odense, hvor vi skulle overnatte, hos hendes familie. Hun fortsatte sin ferie hos dem, og jeg cyklede så selv videre med min bagage bagpå cyklen. Sejlede derefter over Store Bælt. Frem til præstegården, kom jeg i god behold, altså var min tur på cyklen, Odense – Tåstrup på en' dag!

Foto fra sidste skoledag - i Herning, hvor vi var udklædte som små børn. Jeg står yderst, med forklæde med smæk og ved siden af mig - min gode kammerat Axel, som også flyttede til Kbh for videreuddannelse.

Næste dag blev der holdt fest, som foregik i konfirmandsalen, hvor vi unge dansede og slog os løs. Det var nok især, takket være tante Gitte, som var uforlignelig til at arrangere sådanne fester for os. Jeg kan huske, at jeg havde min nye fine kjole på, som var syet af den dame, som sidenhen, startede det så kendte 'Lilly Brudekjoler' firma.

Det var hende med alle brudekjolerne og de mange filialer over hele landet. Hun var netop i de år startet meget småt og beskedent med sin symaskine inde i en baggård, i Fredericiagade i Vejle.

Der kom jeg og fik syet nogle kjoler hos hende. Hun ridsede så lige op på en lille lap papir, hvad hun ville foreslå med det stof, man nu kom med. Jeg synes, det er ret sjovt at tænke på, at jeg har været en' af hendes første kunder, og at hun fik held til at skyde en så stor virksomhed i gang.

Her er vi til en begivenhed midt i Herning, 4 mellem. Jeg står sammen med mine veninder, 3 fra højre. Bagved os, vores skolelærer. Måske sikket befrielsen, 1946

Ungdomsgilde i Tåstrup

Det var herligt og spændende, at være med til sådan et ungdomsgilde som det i Tåstrup, hvor vi måtte have det hyggeligt og danse. Det var noget ganske nyt for mig, det havde jeg ikke prøvet tidligere, for jeg måtte ikke gå til danseundervisning. Det måtte jeg **bare** ikke, - det var nok ikke 'passende' for mine forældre – nu de begge kom fra 'troende hjem' – især mor, var jo præget af den lidt 'tunge' opdragelse fra hendes barndomshjem.

Med nød og næppe fik jeg lov til at deltage i skoleballet i gymnasietiden - mor forhørte sig først om Anna skulle med, en' klassekammerat, som altid, var solid og fra et kristeligt indstillet hjem, men det var egentlig, en blandet fornøjelse, at være med, for jeg kunne jo slet **ikke** danse.

Nej, det kunne jeg jo heller ikke, her i Tåstrup, - men det gik nu alligevel meget godt. Jeg fulgte med så godt jeg kunne, og havde en dejlig aften, og selvfølgelig var der især en' dreng, som gjorde et godt indtryk på mig.

Nå, men efter et par dage i præstegården kørte jeg min ensomme tur, videre. Jeg skulle nemlig til Vordingborg, på 1 uges sommerlejr, der var arrangeret af 'Kristeligt Gymnasiastbevægelse' Det blev til, en' god uge, - hvor jeg traf klassekammeraterne fra Vejle, som også var med. De var kommet dertil, på andre måder. Jeg husker ikke noget specifikt fra ugen, men jeg husker turen til Vordingborg. Nemlig' - at jeg alligevel fandt ud af, at det var langt for mig at køre.

Jeg tænkte, 'Er der da ingen, der tager mig og cyklen, med op at køre?' Og pludselig var der da en lastbil, der gjorde holdt!

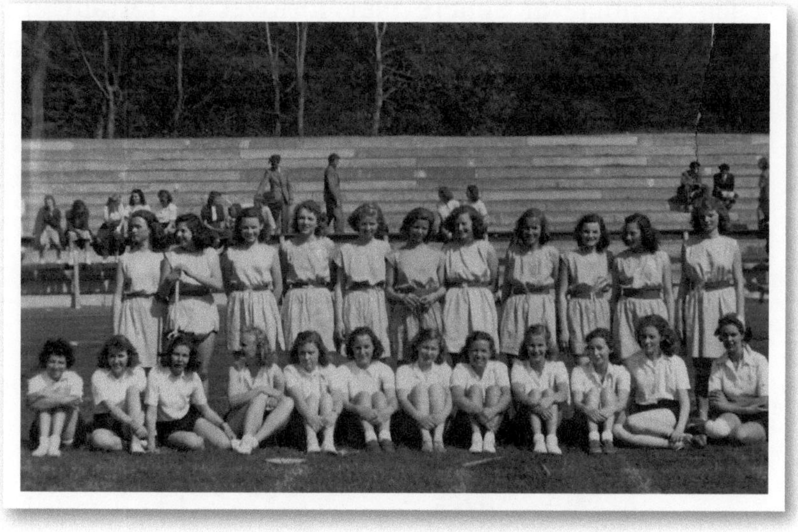

Mit gymnastikhold.
Jeg sidder i midten første række nr. 7 fra venstre

Manden i bilen, spurgte om jeg ville køre med. Ja tak, det ville jeg da rigtig gerne. Cyklen med bagagen bagpå, - kom op på ladet, og jeg fik passagersædet i førerhuset. Ih, det var en lettelse for mig! Ja, i dag tør man desværre hverken være blaffer eller selv tage nogen med op at køre? Tiden var en anden dengang, alt det, - kunne lade sig gøre.

Jeg gjorde det siden tit siden, når lejlighed og tilbud var der. Engang var det en bokser, der tog mig med, og ingen af dem, - har nogensinde **så meget**, som 'krummet et hår' - på mit hoved. Tværtimod var det hyggeligt med en lille sludder, med chaufføren. Med et: Tak for turen! blev man til sidst sat af, og det var det. Og mærkeligt nok lod det ikke til, at mine forældre havde noget imod det. De har helt sikkert haft tillid til, at jeg nok skulle klare mig, og hvor er det også dejligt at have, det at kunne have tillid, tiltro til også fremmede mennesker.

Da jeg så nogle år senere blev forlovet og fortalte min kæreste om mine ensomme cykelture, viste det sig, at han var forfærdet over mit vovemod i den henseende.

Ill. Cyklen med bagagen bagpå

Efter at ugen i Vordingborg var slut, cyklede jeg videre til Bogø, den lille ø, der ligger imellem Sjælland og Lolland/ Falster.

Jeg havde en aftale med min faster Lise, der var ugift, om at komme og besøge hende der nogle dage. Hun havde lovet at tage ansvaret for husholdningen i Bogø præstegård, mens præsteparret var på ferie eller rejse, - de var Lises gode venner. Den unge husassistent i præstegården var der stadig og også præsteparrets børn. Jeg nød opholdet, og det var tilmed interessant at være på den lille ø, som jeg jo intet kendte til på forhånd. Der var på den tid, bl.a. en navigationsskole for unge mænd, som var meget eftertragtet.

Elser og jeg i gang med æbleplukningen hos Verner & Else

'ALDRIG har jeg smagt så dejligt hjemmebagt brød'

Da jeg skulle videre på min færd, kontaktede faster Lise nonnerne på Maribo Kloster. Måske kendte hun en af nonnerne der; i hvert fald måtte jeg komme og overnatte hos dem, da jeg kom i land fra Bogø. Hvordan det var der, husker jeg ikke, - ærgerligt nok - for nu i dag synes jeg, at jeg ved sådan en lejlighed ville suge alle indtrykkene til mig. Det må da være lidt spændende at være gæst på et nonnekloster! Men jeg husker den dag i dag og mindes med glæde den madpakke, jeg fik med derfra - **aldrig** har jeg smagt så dejligt hjemmebagt brød desuden også med hjemmekærnet smør! Ih, hvor smagte det godt!

Ill. Hjemmebagt brød

Derimod var der noget andet på, der ikke blev godt, og det var vejret. Det regnede, en ret vedholdende og kraftig sommerregn. Men før jeg forlod byen Maribo, skulle jeg da lige se både det ydre og det indre af Maribo Domkirke, men så gik turen også videre.

Jeg cyklede bare 'derudad' i **øsende** regnvejr. Bagagen bagpå cyklen var pakket godt ind i noget regntæt, men **jeg selv** var drivvåd og gennemblødt. Men det var der intet at gøre ved, så jeg kunne lige så godt bare fortsætte, så det blev en våd tur tværs over Lolland/Falster.

I Nakskov tog jeg færgen til Spodsbjerg, kørte over Langeland, den ganske korte strækning, derefter til Tåsinge og endelig kom jeg til Svendborg. Nu var der ikke langt til frugtplantagen i Tved tæt ved Svendborg. Der boede min kusine Else, der var gift med Verner, som var eneste' barn af plantageejeren. Verner, havde overtaget driften af plantagen fra sine forældre.

Ill. Færgen til Spodsbjerg

Else var ca. 8 år ældre end mig. Jeg blev hos dem, i nogle dage og havde det herligt med sjov og ballade. Else og jeg lavede løjer med Verner, f.eks. ved at tage vandslangen fra ham og bruse ham over med den og andre sjove påhit, men selvfølgelig måtte det jo heller ikke tage overhånd.

I et større hus tæt ved Else og Verners boede Verners forældre og tante, også kaldet 'Tante'. Alle tre var de elskelige ældre mennesker, som havde en udpræget fynsk eller langelandsk dialekt, rigtig hyggeligt lød det. Nu fortalte jeg, at vi lavede sjov, men det var nu det mindste, for alle var travlt optaget af gøremål på plantagen, og der var virkelig nok at se til. Også jeg hjalp selvfølgelig med forskelligt, og bl.a. 'Tante' var i gang fra tidlig morgen med trillebør og grej, til sen aften.

Når Verner kom hjem til frokost hos Else, fik han altid 2 spejlæg, kan jeg huske. Under frokosten kunne Else stoppe op adskillige gange og udbryde: Hvor du dog ligner din mor! Mor, som jo var tante til Else.

Nå, men alt får jo som bekendt, en ende... Efter dejlige uforglemmelige dage i det sydfynske var det tid til at vende næsen hjemad. Det blev så sidste etape, på min ensomme *færd/rejse, altså helt fra Tved, Svendborg og så til Vejle. Hvor lang hele turen har været, sådan regnet i kilometer, ved jeg ikke? Man kan man jo prøve at regne det ud, så nogenlunde. Jeg tror det samlet blev i nærheden af, i alt 500 km!

I tid har turen nok varet ca. 3 uger. Jeg kom altså helt uskadt hjem, uden at have haft et eneste uheld, ja, ikke engang så meget som en punktering med dækkene på cyklen. Dette kunne altså lade sig gøre i 1948, og når jeg nu ser tilbage, har jeg udover de mange dejlige minder, også en vis stolthed over hele bedriften.

Et tideligt foto af min klasse i et' af de første skoleår.
Jeg sidder på en' af de bagerste skolerækker.

Hele min klasse i 4 mellem og vores klasselærer.
Jeg sidder forrest fra venstre.

Familie Thomell

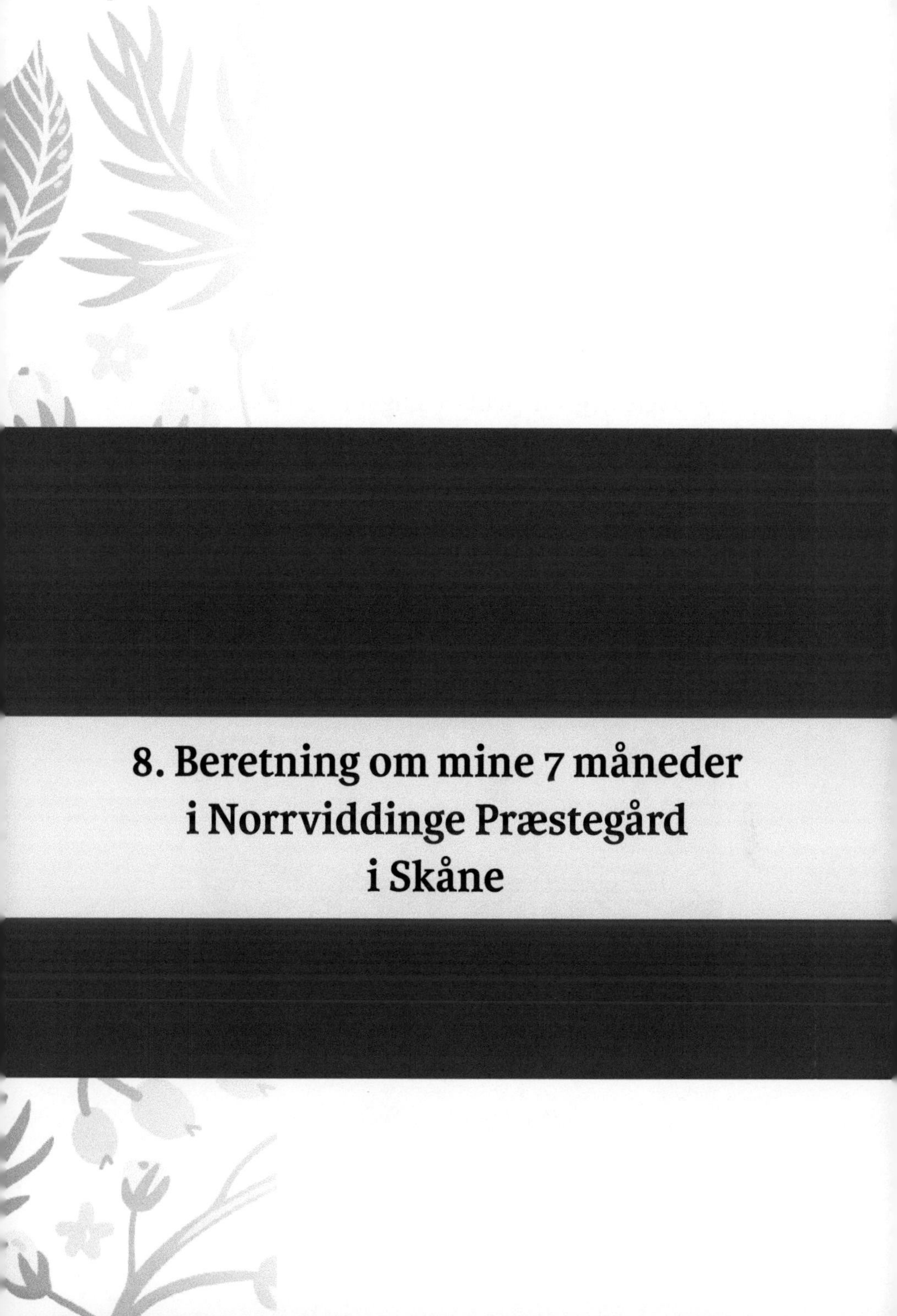

8. Beretning om mine 7 måneder i Norrviddinge Præstegård i Skåne

Jeg var 18 år, da jeg var færdig med at gå i skole. Jeg er jo enebarn, og jeg ville ud..., altså ikke være den, der gik hjemme i mors skørter. Jeg havde udve/udlængsel.

Egentlig søgte jeg en plads i England i køkkenet på en kostskole, men den var ikke ledig på det' tidspunkt, så det blev altså præstegården i Skåne, i nærheden af domkirkebyen Lund, i stedet for.

Jeg skulle være ung pige i huset, *hembitræde/Hushjælp i 7 måneder, fra 1. sept. 1949 - 1. april - 50. Det blev fastsat fra begyndelsen på min ansættelse. På grund af en' halsbetændelse jeg havde reddet mig, kom jeg nu først en uge efter den første.

Præstegården i Skåne

Spisestuen med hvidt bord og stole, i typisk svensk gustaviansk stil

Det var en kæmpestor præstegård tæt ved kirken i den lille by, Norrvidinge, der var stationsby, men ikke ret stor, så det var rigtigt ude på landet.

Der var 4 børn: Thomas på 10, Boel 8, Eva 6 og så lille Magdalena på 4 år, også kaldet Malena eller simpelthen 'Malle'

Desuden var der jo naturligvis præsteparret, Kerstin og John-Erik Thomell. Navnet havde præsten taget fra sin hjemby, Tommelilla, i Blekinge. Der boede hans 2 søstre stadig, og engang fik jeg lov til at følge med familien dertil, da vi alle skulle til Mortensaften.

Familien havde tidligere haft danske piger. De sidste 2 var døtre af provst Blenkers fra Silkeborg, hvoraf den ene stadig var hos os, - dels for at sætte mig ind i arbejdet, dels for at gøre et' stykke stof færdigt, som hun havde i gang, på en væv. Hun skulle bagefter på Ungdomshøjskole, et' andet sted i Skåne. Jeg tror, hun hed Gudrun, men lød/havde fået kælenavnet Krudt.

'Børnene havde voldsomt temperament'

Der gik ikke ret lang tid, før jeg fandt ud af, at børnene havde et' voldsomt temperament. Jeg kendte jo ikke noget til deres dåbsskeer samt gafler? Jeg kom derfor til at ligge disse, på 'de forkerte' pladser, hvorefter børnene lagde sig ned på gulvet, hvor de så **hamrede** hælene i gulvet? Nå, men det fandt jeg jo da ud af.

Boel, Thomas, Magdalena, Eva og lille Anna (som ankom efter min tid i præstegården)

Børnene kunne **ikke** forstå min danske tale, så efter en' lille tid, gik jeg over til det svenske, som jeg allerede kendte lidt til fra skolen. Efterhånden blev jeg da også så god til det, **at** fremmede svenskere, jeg traf, - spurgte, hvilken del af Sverige, jeg kom fra?

Lidt fremmed og anderledes må mit svenske nok ha' lydt, men alligevel blev det meget nemmere, for os alle.

Jeg har siden haft megen glæde af både at kunne tale og forstå svensk. Det svenske sprog, er flot med dets mange vokaler. Skånsk kan jeg også godt lide, det er bare, 'ikke er så værdsat', men **jeg** synes, det lyder herligt.

Kerstin Thomell underviste på en Folkehøjskole - i nærheden, så hun var ikke meget hjemme. Det betød, at efter at 'Krudt' var rejst til 'hendes' Ungdomsskole, var den daglige husholdning **helt** overladt til mig, der var temmelig uerfaren på det område!

Krudt fra højre og børnene.
Kerstin i ventetøj i midten (venter Anna).

Hjemmefra, kom jeg jo, fra et hjem med hotelverdenen og med en **meget** dygtig mor. Hun var altid meget hurtigere til at kunne ordne 'det hele selv', - bare jeg så ville passe mine lektier, som hun sagde.

Jeg blev nu i præstegården, **virkeligt** kastet ud på dybt vand! Og det var da rigtig hårdt. Min arbejdstid var fra kl. 7 morgen til 7 om aftenen.

Så da Kerstin blev klar over, at det var en brat overgang for mig, fra at ha' været skolepige og så til nu, at skulle være husholderske, sagde hun, - at jeg kunne holde pause. Hvilket, jeg så kunne nå inden kl. 13, for på et tidspunkt, skulle præsten ha' serveret kaffen. Til gengæld, skulle jeg så i stedet for, servere' tebakken/ kvældsmat, kl. 21:00!!

Ak ja, det blev det blot værre af, for jeg kunne ikke nå nogen pause, og nu skulle jeg også ordne bakken om aftenen? Arbejdsdagen blev kun **endnu** længere for mig.

Jeg havde så fri, hver onsdag eftermiddag samt hver anden weekend. Lønnen var 80 svenske kroner, jeg steg skam så hen ad vejen, til 90 svenske. Det lyder ikke af meget, men sådan var lønningerne dengang, og for mig var det et *Eldorado/'Paradis, -nu at kunne købe ting, til julegaverne til dem derhjemme.

I Sverige, var man **slet ikke** præget af vareknaphed/mangel på varer, som vi jo stadigvæk var det' i Danmark - i efterkrigstiden 49/50. Sukker og kaffe f.eks. var endnu rationeret. Desuden var der mange nye spændende ting fremme i Sverige!

Nemlig, regntøj og tasker i plastik, som var noget **helt** revolutionerende NYT!

Her sidder jeg med min mor. Bemærk - tasken i plastik.

Jeg gav min mor en smuk taske, i sort plastik, kan jeg huske. Det var rigtig **noget** dengang, nu skal alt jo hellere være i skind. Jeg købte også Orefors-glasting/Svensk anderkendt glas. Hvad jeg dog ikke fik indkøbt, for min 'lille' løn – som jeg fik til at række meget, og det var rigtig spændende, syntes jeg.

Som tidligere fortalt, kom jeg til præstegården, en' lille uge ind i september. Der var det endnu var godt vejr, og man kunne have sommerkjole på. Det var jo i 1949, hvor den nye mode var 'New Look' - hvor med skørteteren nu, 'skulle' gå til anklerne.

Allerede hjemmefra, havde jeg haft rigtig med at gøre min garderobe klar, ved bl.a. at forlænge mine kjoler - ved at sætte en **bred bort** af noget helt andet stof end kjolens ind nederst på kjolen og på den måde, kunne jeg være ret smart og følge modens trend. Det kneb jo nemlig stadigvæk med, at kunne købe stof , i det hele taget i Danmark.

Desuden havde jeg en smuk lysegrøn Uld-Gabardine spadseredragt, som jeg havde fået til mine forældres sølvbryllup, samme forår. – Jeg ankom altså til Sverige og blev modtaget i Malmø af Pastor John Erik Thomell, som viste mig en kirke der' i byen, inden vi kørte med toget, til Norrvidinge.

Allerede på det tidspunkt, opfattede jeg - at der var et' lidt katolsk præg ved svenskernes måde at være i en kirke på, - idet præsten gjorde knæfald, altså gik ned på knæ og slog korsets tegn for sig, i korets midtergangen. Det var lidt uvant for mig, og det indtryk, jeg der havde fået, forstærkedes endnu mere derhjemme i præstegården ved, at der i dagligstuen var et lille alter med en statue af jomfru Marie med barnet.

Jeg fik så senere at vide, at den svenske kirke var en del under indflydelse, af den Anglikanske engelske kirke.

Pastoren John Erik Thomell ved hjemmealter

'Mange enker, her?'

En ting jeg allerede lagde mærke til i toget, var de mange kvinder, - også **helt** unge, der havde 2 glatte guldringe på deres ringfingere. Jeg tænkte: Hvor er der åbenbart mange enker, her?

Heldigvis blev jeg belært om, at den svenske skik er, at kvinderne bærer både en forlovelsesring og en vielsesring på en' og samme finger. Igen en 'anderledes' og ny skik, for mig.

Det første arbejde, jeg blev præsenteret for i køkkenet hos præstefamilien - var et **kæmpestort** bjerg af mange forskellige slags svampe, lige hældt ud på voksdugen - på selve køkkenbordet.

Hovedsageligt, var det 'Karl Johan- svampe' og Champignoner, - som familien havde været ude på tur og samlet/sanket. Alle 'dem' - skulle jeg nu rense og ordne, og så blev de henkogt i små henkogningsglas/'burker' - som så siden blev taget op fra vores kælder - et' glas ad gangen var det gerne. Det var til en' herlig svampeomelet – sammen med æggekage! Det var altid 'den morgenmad, vi skulle ha' om søndagen, - før gudstjenesten. Det var en **herlig** ret, og jeg glemmer **aldrig**, hvor godt det smagte.

Der lærte jeg desuden at tage de store, 'lidt gamle svampe' fra og med til vores suppe, bare 'de' ikke fejlede noget, - det gav jo en **speciel fyldig** og **kraftig** smag. **Den** suppe, de 'udviklede' i Sverige, var jo **kulsort**, men fuld af velsmag. Fra Danmark var jeg vant til, at det kun var de små pæne champignoner, - der kunne bruges.

I kraft af, at fruen havde sit job og meget hjemmefra, - var alt mit arbejde baseret på et 'ugeskema' Rengøringen var f.eks. sådan: en' dag skulle jeg tage spisestuen samt børneværelserne, den næste dag, var det så soveværelset -og dagligstuen.

Sådan var det hele tilrettelagt for mig. Jeg kunne bare gå frem efter skemaet og på den måde komme hele huset igennem.

Sengene var jeg ikke så glad for at komme i gang med, svenskernes måde at rede en' seng på, var nemli' med et overlagen og så tæpper! Det syntes jeg, var noget omstændeligt, - først det at brede overlagenet ud, så tæppet eller tæpperne derefter, folde det øverste stykke af lagenet ned, for så til sidst - at folde alt 'det' ind under madrassen?

Det var, som at krybe ned i en' 'stor konvolut' – hvis man kan forestile sig det?

Jeg må have vidst noget om den skik på forhånd, for jeg havde medbragt min **egen** dyne i min bagage, - som var en stor kurvekuffert. Jeg skulle ikke have noget af at være spærret inde i et' lagen og tæppe, på den måde, i en seng.

Bare det at rede 6 senge hver eneste dag tog tid. Jeg var så ekstra glad, når præsten en' gang imellem sagde, at i dag tog han selv soveværelset. Det var en stor lettelse.

Med hensyn til maden var der ligeledes en ugeplan, f.eks. var torsdag fiskedag. Der kom en fiskebil, hvor vi kunne købe forskellige fisk. Engang vi skulle have kogt torsk, kom jeg til at komme så mange hele peberkorn i vandet, at jeg var nervøs for, at det hele var ødelagt, men det var det heldigvis ikke.

Om onsdagen stod middagen på en' stor 'Ovnpandekage' med råsyltede Tyttebær, som var sendt os, fra Nordsverige. De dejligste store, flotte tyttebær, som blev rørt med sukker i Mastermixeren, en' røremaskine, som var en' **stor** hjælp i husholdningen, - også til bagning, blev den naturligvis brugt.

Ovnpandekagen, kunne jeg rigtig godt lide, ligesom jeg kom til at holde af meget af de øvrige svenske retter og mad. Det var retter, som var helt ukendte for mig, - som jeg ligesom skulle vænne mig til.

Selvom jeg ikke var **så** langt oppe i selve Sverige, - kun lige over Øresund, var der og det, alligevel **meget** anderledes. Om lørdagen fik vi altid saltsild med uskrællede kartofler og piskefløde, der var syrnet med eddike, og det var en ret, der i hvert fald aldrig blev fraveget/ændret, i alle de 7 måneder, jeg var i præstegården. Det betød, at jeg fredag aften skulle hente 7 store nedsaltede sild op fra kælderen, hvor sildene var lagt ned i en tønde, før jeg var ankommet til Sverige.

Ill. Sildene

Sildene skulle så 'udvandes', hvilket vil sige, stå i vand, natten over. Dem fik vi så til middag lørdag aften, og det var jo mig, **pigen**, - der måtte pille de uskrællede kartofler for børnene inde ved bordet, men sådan skulle det altså være. Hvad der blev til overs af sildene blev nedlagt i en eddike/ sukkerdressing samt løgringe, til frokosten om søndagen.

Om søndagen fik vi steg af forskelligt kød. Jeg husker egentlig ikke, at vi fik mere end 1 ret, almindeligvis. Når så ugen var gået, gentog man repertoiret ved at se på ugeplanen og begynde forfra. Det var jo en lettelse - for fru Kerstin, nu ikke at skulle bestemme hele tiden, hvad vi skulle have til middag.

På den måde var afvekslingen i menuen jo ikke så stor. Som 18-årig var jeg ikke så moden og hjemmevant i kogekunsten, at jeg fandt på at lave danske retter, men jeg tror dog, at jeg engang prøvede at lave varm kærnemælkssuppe.

Til frokost fik vi bl.a. Rugmelsgrød med sirup eller Brune bønner, begge dele lærte jeg at holde af, ligesom af brødet, Kavring/en slags mørkt, lidt sødt brød.

Desuden var der pølse og ost, som familien i øvrigt holdt meget af, og jeg skulle gerne købe ost med hjem fra Danmark, når jeg var på weekendbesøg hos min farbror, Imanuel, - præsten i Tåstrup. Det kunne godt lade sig gøre at tage dertil i Danmark, når jeg havde fri hver anden weekend, længere var der ikke, - i afstande.

Børnene i præstegården, kom hjem fra skolen kom hver 'dag, for at spiste frokosten og afsted til skolen igen. Der var således aldrig tale om - for mig, at smøre madpakker.

Vi havde af og til' Kogekone

Ved særlige lejligheder, hvor der krævedes noget mere hjælp i præstegården, havde vi "Tant Emma", en' dygtig og bestemt kogekone, som jeg nok var lidt bange for, men hun var nu udmærket.

Især husker jeg, at hun kom nogle dage før jul og ordnede 'vores' gris. Der blev lavet alle mulige ting, også meget af blodet, blodpølser og blodbuddinger, som svenskerne åbenbart yndede, men den slags var jeg **ikke** så begejstret for.

Jeg havde helt forbud imod at sige nej tak til noget af maden, - fordi børnene, iflg. præsteparret, skulle lære at spise alt, men det kneb undertiden noget for mig, hvad jeg skal komme tilbage til, senere.

Af grisen lavede tante Emma også den mest pragtfulde let krydrede 'Tepølse' - som er den bedste, jeg nogensinde har smagt.

Kaffe lavede man også på en speciel' måde. Det forekommer mig, at når der skulle laves kaffe, - til rigtigt mange, blev den lavet i en stor gryde og klaret, hvilket vil sige, gjort skinnende og blank - med æggeskaller, for kaffen skulle være god, men den skulle også være lys og klar, men den fremstilling havde jeg ikke noget at gøre med.

En særlig kage blev også af og til lavet, nemlig når man

Ill. Kaffe med æggeskaller

kunne få fat i råmælk - som er den første mælk lige efter at koen har kælvet, født kalven. Den råmælk, skal efter sigende være særlig fed og god. Af den blev der lavet en kage, der hed' Spettekage'.

En anden speciel ting jeg husker. På jordstykket imellem præstegården og kirken blev der fundet en støvbold, hvilket er en' svampeart. Denne var ca. så stor som et' lille Franskbrød, ganske frisk og fast i selve svampen, når den bliver **rigtig** moden og gammel, kan støve fælt, der af navnet. Så kan den jo ikke bruges, men denne var altså rigtig fin. Den blev skåret i skiver og stegt på panden og serveret med stegte løg, og det smagte godt. En helt ukendt, spændende ting for mig!

Og så var der jo kveldsmat med tebrickan, altså thebirkes, kl.21:00 om aftenen. Det var en bakke, jeg rettede an med kopper, te, brød, pølse og ost. Jeg deltog også selv i måltidet sammen med præsteparret, og man må vel sige, at jeg sådan set havde en' familiær stilling og kunne kalde dem John-Erik og Kerstin.

Der var ca. 10 års forskel på præsteparret, hvor hun nok var først i trediverne og han lidt over 40.

Børnene skulle kalde mig 'Tant Anna-Ruth'. Jeg syntes jo, det var lidt omstændeligt, men **det** skulle de. Og på samme måde, var det jo også dette, man brugte i deres private omgangskreds, - her var det også f.eks. Tant Rosa og Farbror Svenn, sådan var børns tiltale til voksne, uanset det, at de **ikke** var rigtig i familie, med hinanden.

'Med rundt hos familien'

I begyndelsen tog familien mig rigtig meget med, når de var inviteret til deres venner, der boede på nogle gårde, - der i nærheden. Det var også rigtigt spændende at se flere svenske hjem.

På 2 af gårdene, var der også danske piger, et søskendepar, der forøvrigt var fra Vejle, - ligesom jeg selv var, og dem blev jeg ved med at holde forbindelsen med, efter at vi alle 3 var kommet tilbage til Vejle igen.

Jeg mener, at den ene pige, hed Johanne, men det er så længe siden nu, og bekendtskabet ebbede ud, ligesom det jo så ofte sker. På en anden gård havde 'de' en tysk pige, der hed Hanne-Lore. Det brugtes meget i Sverige på den tid, at skaffe sig hushjælp fra andre lande, det der i dag kaldes Au Pair - piger. Vi var altså 'datidens fremmedarbejdere' kan man næsten sige.

Efterhånden blev det nu mere og mere sådan, efter alle besøgene hos bekendte, at jeg skulle blive hjemme hos børnene.

Det at komme udenfor præstegården, oplevede jeg så ikke, men det opvejedes af, at jeg så kom til at lære Ingrid at kende.

Ingrid var en ung svensk pige fra Norrland, som er den nordligste del af Sverige. Hun havde tidligere været hembitræde hos familien Thomell under visse særlige betingelser, nemlig at hun ved siden af at passe jobbet i huset, skulle have tid og lejlighed til at læse til sin Studentereksamen.

Ingrid, hvor hun besøger os senere i Gedved, 1955.
Vores Lone i barnevognen.

Det har nok været en form for brevkursus, men det var optimalt for hende på den måde, at kunne have et sted at bo i det sydlige Sverige, tjene nogle penge og samtidig studere og opnå en eksamen. Nu her, læste hun på universitetet i Lund, fagene Svensk og Engelsk, og hun boede sammen med en anden studerede, Elsa, i en' lille lejlighed i byen. Ingrid kom stadig ofte på besøg i Norrvidinge præstegård, nærmest som en datter af huset og var derfor meget gode venner med Kerstin og John-Erik. Det føltes, som var hun jævnbyrdig og mere lige med dem?

Jeg kan huske, da Ingrid kom før jul og lavede det flotteste honningkagehus, som hun bagte og satte derefter delene sammen, til slut dekorerede hun det' med hvid glasur, - til stor glæde, også for børnene. Ingrid var dengang 26, altså 8 år ældre mig, men vi blev rigtig gode venner, og jeg besøgte flere gange Ingrid og Elsa, når jeg havde fri onsdag eftermiddag. Det kunne jeg godt nå på en halv dag.

Ill. Honningkagehus

Engang, da jeg skulle med toget, kom jeg til at dele kupe' med en ung teologistuderende, som jeg kendte en lille smule. Jeg snakkede løs, og han sagde, hele tiden: Ja, haa! Det var jo lidt ensidigt, men jeg har siden ofte moret mig over, at man faktisk kan holde en samtale gående på den måde, på svensk. Jeg tror, det var fænomenet kvindelige præster, jeg ville diskutere med ham. I Danmark havde vi jo netop fået de første 3 kvindelige præster, mens Sverige ingen havde, - men 'den samtale' fik jeg nu ikke meget ud af, - da den mest gik på: Ja, så... og forfra igen.

Ingrid forblev min meget kære og gode veninde. Hun tog mig også med i 'Studentforbundet' i Lund, hvor vi traf andre unge mennesker og havde det hyggeligt. Sommetider blev der i studenterforbundet, opført nogle små sketchs, specks, tror jeg de blev kaldt.

Siden blev Ingrid lektor i sine fag, på et gymnasium i Ørnskøldsvik, højt oppe på Sveriges Østkyst, nærmere hendes egen hjemegn. Derfra besøgte hun mig og min lille nye familie, hvor vi først boede i Gedved, ved Horsens, som nygifte - og siden også her i Uglev, på Thyholm.

Jeg har så modsat, besøgt Ingrid 2 gange. Den første gang, var det sammen med min mand, vores søn, Henrik samt min svigermor. Den anden gang, jeg igen besøgte hende, var i 1992 (efter at min mand var død i -88) Da trængte jeg til at snakke med Ingrid, følte jeg. Hun giftede sig selv, aldrig. Desværre er hun nok død nu? Jeg hører ikke længere fra hende, vi skrev altid sammen og hun betød **rigtig** meget for mig.

Af præsteparret satte jeg afgjort **størst** pris på John-Erik. Fruen var jeg knapt så glad for. Men hun havde også sit at slås med, idet hun var meget tunghør. Efter gudstjenesten om søndagen, var den kvindelige organist altid med hjemme i præstegården til en tår kaffe og en lille snak. Da kunne det hænde, at Kerstin styrtede ud af stuen og smed sig grædende på sin seng, fordi hun troede, at vi havde talt om hende og moret os på hendes bekostning, naturligvis **helt** forkert opfattet, - men sådan kunne hun være lidt uligevægtig.

Det må bestemt, også have været svært med det hørehandicap, at undervise - som hun jo gjorde, og hun hævdede da også, at det var meget værre at være døv end blind, noget der er svært at udtale sig om, men jeg tror gerne, at det er slemt at være hørehæmmet.

Kerstin **havde** forsøgt at gennemgå en operation i håb om bedring, men den havde så slet ikke haft den ønskede virkning. Det var naturligvis en stor skuffelse. Desuden ventede hun sit 5. barn, som blev født, efter at jeg var rejst. Det blev en pige, som kom til at hedde Anna.

Kerstin arbejder med skoleforberedelse

Når jeg skar brød i skiver, skar jeg dem jo, som jeg var vant til hjemmefra, i den tykkelse, som vi var vant til. Så kunne Kerstin, lidt nedladende sige: 'Gør I sådan, i Danmark?' Brødskiverne skulle være tyndere. Sådan var det også med biksemad, eller 'Pyt i Panna', som det hedder på svensk. Da kunne kartoflerne næsten ikke skæres små nok. Alt skulle være skåret småt. Det var finere, og det er da sikkert også rigtigt nok, at det smager bedre, men jeg følte det nu som en hån.

De kunne godt bruge en dansk pige, men på samme åndedrag/tidpunkt, kunne Kirstin også sige lidt overlegent til sin mand: 'Ved du ikke det?' – hvis der var et' eller andet, som oppe at vende imellem dem. Hun havde taget en eksamen, der var et mellemstadium til en cand.mag eksamen, hun var såkaldt fil. cand., så på det grundlag kunne hun altså undervise store elever på den skole, hvor hun var ansat. Også foredrag, tog Kirstin ud og afholdte.

Det hed: 'Hemmet och familjen' - altså 'Hjemmet og familien'. Engang kom det også til Forsamlingshuset i Norrvidinge, - da havde jeg lejlighed til at høre det, men jeg havde lidt svært ved at genkende den idyl, der blev skildret – hvis det lige var hos os i præstegården, der blev hentydet til?

Så, på den måde havde Kerstin rigtig meget at tage sig af. Jeg husker, at da hun en dag havde en fridag fra skolen, kørte hun i bilen ud på indkøb. Børnene var nok lidt skuffede over, at hun ikke brugte fridagen sammen med dem, for ved frokostbordet sagde Eva til sin far: 'Tror du, mor slet ikke bryder sig om os?' Det må jo ha' været lidt hårdt for børnene, at føle sig ladt i stikken, ikke?

I starten af min tid hos familien kunne de begge, både Kerstin og John-Erik være lidt efter mig og 'drille' mig med, at vi har mange tyske 'låneord'/lånt fra andre sprog på dansk. Det skulle have udseende af lidt godmodigt drilleri, men det fik en ende, da jeg godt kunne give igen med eksempler i svensk som fønster af det tyske fenster (vindue) og Kindergarten, som svenskerne simpelthen havde overtaget direkte samt flere andre ord.

Nu havde Thomells jo haft flere danske piger, og i kraft af det, havde det moret pastoren ligefrem at finde visse artikler fra leksika frem om de tidligere, drikfældige og sindssyge danske konger. Nu skulle han også lige prøve, at hovere overfor mig ved at 'trække disse ting' frem. Jeg ved nu ikke, om de 2 kongehuse op igennem tiden har noget at lade hinanden høre, det svenske stammer jo nu fra en' af Napoleons Marskaller, og det kan da være udmærket.

Den spøg, synes jeg - var lidt perfid, men rigtigt vred på John-Erik kunne jeg nu ikke blive. Det var jo bare en lidt dum måde at prøve at provokere mig på, og han var ellers altid flink og rar, og det holdt jo da også op. Måske, har jeg været for nærtagen, - der, som helt ung.

Desuden vidste jeg hjemmefra noget om, at det Neutrale Sverige, havde tilladt tyske troppetransporter i Nordsverige under den finske vinterkrig. Det havde man i Danmark, ikke brudt sig om. Men sådan, kan vi jo altid, ha' noget, at lade 'hinanden' høre, ikke?

Det var jo altså John-Erik, der gik derhjemme og var, - om jeg så må sige, en slags husfar, og Kirstin, der var udearbejdende. Udover at være præst, og hvad dertil hørte, havde John-Erik også ansvar for folkeregisteret, - dvs., at folk kom til præstegården og meldte til -og fraflytninger. Desuden var han spejderfører også, - for en lille trop, som af og til kom til møder, hos os.

Syforeningen, noget helt for sig selv

Ja, og så var der jo Syforeningen! Vi havde en lang spånkurv med tallerkener og kopper, stående. Den var beregnet til at tage med rundt til de steder, hvor syforeningen skulle foregå. Man skulle jo egentlig tro, at folk havde service nok selv, men man har altså fundet det mere demokratisk på denne måde - med kurven, for kaffe **skulle** man da have.

Altså tog præstparret afsted med kurven, når disse møder med jævne mellemrum blev afholdt rundt om i private hjem. Så blev lavet håndarbejder, drukket kaffe, samtidig med – under håndarbejdet hvor John-Erik underholdt ved at læse op af bøger og tekster. Det var netop, derfor at han var med. Hvad der i øvrigt, blev syet og strikket til, ved jeg ikke - måske til en' basar eller lignende, men det var i hvert nogle vigtige møder og at kurven var altid med, nemli' Syforeningskurven!

ill. Syforeningskurven

Om søndagen var der gudstjeneste kl. 10:00, og da fulgte jeg som regel med. Jeg måtte være meget opmærksom, for **pludselig** i en salme rejste folk sig op? Det skete, når der var en' stjerne ved et vers, der var særligt højtideligt. Det blev jeg så klar over, men det kendte vi jo slet ikke til, hjemme i Danmark.

Man havde også indsamling af pengebeløb, hvilket foregik ved, at en flad kasse på en stang blev båret rundt og stukket ind, langs stolerækkerne. Sådan noget har man også kendt til tidligere, i Danmark. Det kunne også være en lille pose, der var sat på stangen, og der går jo denne lille vittighed om drengen, der siger til sin mor: "Hvad fik du? - jeg fik en krone!" Der kunne altså også gå lidt den anden vej, hvis historien, er sandfærdig?

Undervejs i gudstjenesten skulle præsten messe visse bestemte passager, dvs. præsten skal synge disse steder fra bogen, solo. Jeg tror, at præsterne i Danmark havde 'lov til' i stedet, at læse de pågældende tekster op, men det tror jeg **ikke** var tilladt i Sverige i foran hvert fald messede John-Erik, og det lød ikke særlig godt. Jeg havde så ondt af ham og krøllede samtidig tæer, for det lød mildest talt forfærdeligt. Han **kunne** ikke synge. Men det var jo nødvendigt.

Måske at de manglede evner i den retning gjorde, at han **ikke** blev forfremmet eller forflyttet til et' andet embede? Jeg ved faktisk ikke, om han nogensinde kom et' andet sted hen. I modsætning til danske præster, der lægger præstekjolen efter endt tjeneste, gik de svenske hele tiden, altså hver eneste dag, i en speciel sort dragt med en hvid skjorteflip med et' par små hvide snipper ved halsen.

Tænder sat fast med Karlsons Klister

En anden ting, jeg husker ganske tydeligt, var, at John-Erik, en søndag, - lige før gudstjenesten skulle begynde i kirken, var så uheldig derhjemme at tabe en kunstig bro, han havde på sine fortænder i overmunden.

ill. Karlsons klister som hæftede ret kraftigt

Nu var gode råd dyre: Hvad skulle han dog gøre? Jo, John-Erik satte den kunstige bro, fast med 'Karlsons Klister', som var en meget stærk lim. Så var den klaret, men den' dag, sad jeg hele tiden, i kirken og tænkte: '**bare**'den bro' **ikke lige** pludselig kommer flyvende ud over menigheden!', da præsten nu stod på prædikestolen. Ja, sikken et' syn, det så ville ha' været? Jeg tror ikke, at jeg hørte meget af den prædiken den dag, og heldigvis forløb alt jo godt.

Familien havde en lille gråhvid folkevogn, men det var i virkeligheden kun fruen, der havde kørekort. John-Erik var nok igang med at tage det, men i Sverige måtte man godt køre, når bare der sad en ved siden af, der havde kørekort. I hvert fald brugte han bilen og kørte. Jeg har ofte været med, som den eneste passager, og jeg havde bestemt ikke kørekort dengang, men det gik jo godt. Selv præstefolk, kan omgås loven...

En morgen, da jeg stod ved opvasken efter morgenmaden - udfor vinduet til gårdspladsen, - blev jeg nu klar over, HVOR børnene havde deres temperament fra.

Da ser jeg, en' komme stampende i sneen og som også rev sig i håret, - en' der lignede 'en vild person'? Det var Kerstin, der var gået ud til bilen for at køre i skole, og så var der, **ingen** strøm på bilen.

ill. Gråhvid folkevogn

John-Erik havde haft bilen foregående aften og der, glemt at slukke for strømmen til bilen. Ak og ve! Præsten var endnu ikke stået op, men lå i sin varme seng. Nu blev han beordret ud, i pyjamas og strømpesokker, for sammen med mig, at skubbe bilen igang... , men det blev et forgæves forsøg.

Der gik en lang alle' ind til præstegården, og lidt ind i alleen, fik vi da skubbet bilen, men altså opgive. Kerstin måtte, hvor nødigt hun end ville, ringe efter en' taxa og dernæst til skolen om, at hun kom for sent. Stakkels John-Erik, men det kunne enhver jo, komme ud for!

Den 4-årige 'Malle' gik altid og tullede rundt hjemme hos sin far og mig hele dagen. De andre 3 store var jo i skole, og der var ikke noget, der hed børnehave der i nærheden, hvor vi boede. Om hun legede med de børn, som boede tæt på os eller besøgte dem, husker jeg ikke?

En dag skulle hun 'Kissa' altså tisse, og jeg ville hjælpe hende, men ikke tale om; det skulle kun være hendes far, der hjalp hende. Det nægtede han, da hun var stor nok til at klare det selv, færdig! De var altså lige stædige begge 2. Resultatet var så, at Malle 'kissade i buksorna', tissede i bukserne.

På et' tidspunkt, fik vi et længere besøg af en veninde til Kerstin, Tant Ragnhild, som havde et Internathus, i Lapland. Et Internathjem vil sige, at 'Lappebørnene'/børnene i Lapland, kunne flytte ind til byen om vinteren, hos tant Ragnhild og så gå i skole derfra.

Nu var det gået hende sådan på, at tænke på det store ansvar, hun havde for disse børn, og angsten hele tiden for at der kunne opstå brand, i det hus og gjort hende helt dårlig, depressiv. Kerstin havde så tilbudt, at Ragnhild kunne komme og bo i præstegården, som en slags rekreation. Det var det rene svir' for mig, for tant Ragnhild hjalp jo til med husholdningen i huset.

Nu fik jeg endelig 'set bunden' - et udtryk - i den uhyre store strygetøjskurv, hvad der endnu aldrig tidligere, var lykkedes mig. Kerstin kunne godt sige om et eller andet, at det tager da bare 10 min., men det gør det hele jo sådan set også, hvis man deler det op. Når jeg så havde fri, og hun selv skulle klare tingene, kunne hun godt se, at ting tager tid!

Nå, men jeg var altså glad for, at tant Ragnhild var kommet, men hun kunne jo godt se, at meget i dagligdagen hang på mig, så selv om hun hjalp mig, begyndte hun også at ynke mig, at jeg havde det lidt hårdt. Det var nyt for mig.

Selvfølgelig havde der været regelmæssig brevveksling imellem mit hjem og mig. Jeg skrev dog altid, at jeg havde det godt, og jeg har aldrig lidt af hjemve, så på en måde havde jeg det da også godt. Nu fik jeg pludselig set det hele i et lidt andet lys, altså at jeg fik ondt af mig selv, og pludselig blev det for meget, og jeg styrtede ind i det aflange badeværelse midt i huset, der havde døre i begge ender (så man skulle huske både at låse begge døre samt låse op igen).

Nå, men der stortudede jeg, mens Kerstin stod udenfor og bankede på døren og spurgte, hvad der var i vejen, men jeg ville ikke sige noget. Hun blev ved og kom med en masse forslag, og til sidst spurgte hun, om jeg var 'olyklig kær', ulykkelig forelsket? Da kom jeg faktisk sådan til at grine, for jeg vidste da ikke, hvem det skulle være i, for jeg traf da aldrig nogen der, så lidt jeg var væk fra stedet.

Kerstin anede dog nok noget om årsagen, for hun var snedig nok til at appellere til mig. Hun talte om, hvor flovt det ville være for mig at vende hjem til Vejle, i utide. Der var der sikkert mange, der vidste, at jeg skulle være i pladsen til d.1.april. I dag kan jeg se, at jeg sagtens kunne have fået en anden plads i Sverige, men jeg blev tiden ud, og det var da vist også sundt nok.

En dag, da tant Ragnhild og jeg var i gang med at bage i køkkenet, stod Malle oppe på sin høje barnestol for at følge med i det hele. Det ser tant Ragnhild og siger til hende: "Acta Malena, at du inte ramlar!" / Pas på, at du ikke falder ned! " Nej då, jag ramlar inte alls". "Varfør ramlar du inte?" "Dærfør att jag håller fast" "Vad håller du fast i?" "I buksorna!" svarede Malena. Kort sagt, Malle troede ikke, at hun faldt ned fra sin barnestol, når hun holdt fast i sine bukser.

Malle skulle i seng, når vi havde spist til aften, og det var jo ærgerligt, når de 3 store måtte blive oppe noget længere. Så lå hun i sengen og tudede og var utilfreds. Når jeg var alene hjemme, må jeg tilstå, at da gav jeg hende et lille let klap bagi og sagde, at nu skulle hun lægge sig ned og sove, og det gjorde hun så uden videre vrøvl, men når forældrene var hjemme, kunne hun få lov at ligge og tude meget længe,

ill. "I buksorna!"

til hun faldt i søvn. Jeg skulle også bede aftenbøn eller synge med børnene, før de skulle sove. Det var f.eks. " Gud, som haver barnen kær. Se till mig, som liten er", eller " Ingen er så tryg i fare", som jo er skrevet af en svensk dame, Carolina Sandell. Det kunne forekomme, at John-Erik holdt en lille aftenandagt for hele familien ved det lille alter i stuen, men det var ikke ofte, det skete.

Det var mig, der sendte børnene af sted til skole om morgenen, hvor forældrene endnu ikke var stået op. Det indebar, at jeg skulle se dem efter og rede deres hår. Boel havde langt lyst hår med fletninger, og en dag opdagede jeg, at der var lus!

Uha! Så fik vi alle en kur med et pulver i håret, og jeg tror, det var DDT-pulver/som er forbudt i dag, - meget giftigt, men helt sikker kan jeg jo ikke være, om jeg husker rigtigt? Vi skulle sove med håret, svøbt ind i et håndklæde. Næste dag skulle håret vaskes, og den samme omgang skulle så gentages 14 dage efter. Thomas havde også fået de små dyr, så jeg var noget betænkelig ved at sidde ved siden af ham i kirken, hvis han rystede lidt med hovedet. Vi blev nu krybene kvit; - det var også en hård og effektiv kur, men vi skulle hele tiden være 'på vagt' med om 'de' skulle komme return, for der var altid børn i skolen, som hele tiden smittede nogle af de andre.

I køkkenet var der et stort 'Aga-komfur', som også tjente til opvarmning af hele huset. Et Aga-komfur har 2 store runde asbestlåg til at slå ned, når der ikke laves mad på komfuret. Skal man imidlertid det, slås låget op, og man sætter gryde eller pande oven på de ringe, der er i midten, altså uden at fjerne dem. Det var et rigtigt godt komfur at lave mad på, og ovnen var også god.

Hver morgen skulle jeg ud i et udhus, for at hente kul - i en speciel høj lang smal zinkspand, og da skulle man så fjerne den midterste lille ring på komfuret og hælde kullene ned som i et fyr. Rundt om komfuret var der en metalstang, som man jo kender det fra almindelige komfurer, og en dag, da jeg skulle hælde kul på, satte jeg den lille midterste ring, (det er egentlig ikke en ring, den er jo kompakt), men den

ill. Aga-komfur

satte jeg så til at hvile mellem komfuret og stangen, men ak og ve, den faldt på gulvet, hvor den glohed, som den var, lavede et underkop-stort svedent mærke på et helt nyt flot linoleumsgulv. Nej, hvor var jeg ked af det og helt ulykkelig, men til min store overraskelse tog de begge dette uheld helt utroligt flot. Uden at blive vrede sagde de, at nu havde de da et minde om mig. Det synes jeg var fint af dem, men sådan var det med de store bommerter, man lavede, men til gengæld hængte parret sig meget i de små fejl man gjorde.

Hvis man var kommet til at svide den inderste række af en plade småkager, som så var blevet brune - eller at et' af æggene på vej hjem fra farbror Håkanson, købmanden - nede af vejen, var gået i stykker, sådan noget kunne man blive ved at høre for, i lange tider. Det syntes jeg var lidt ude af proportioner.

En anden gang kom jeg til at slå tuden af tekanden, og den erstattede jeg for mine egne penge ved at købe en ny i København, da jeg var der. I dag ville det nok være utænkeligt, at en ansat skulle gøre det. Det blev heller ikke forlangt, men det syntes jeg, jeg burde gøre. Jeg kan huske, at min mor fortalte, at hun havde gjort noget lignende i sin tid som pige i huset, da hun havde slået et dejtrug i stykker, at hun så gik ind til købstaden og købte et nyt.

De 2 store 'Tomell' piger havde nogle mørkeblå læggede nederdele, til pænt brug. En dag kom jeg til at svide dem lidt, da jeg skulle stryge dem. På det tidspunkt var Kerstin blevet klar over, at jeg godt kunne håndtere en symaskine, så jeg blev sat til at udbedre skaden, og det lykkedes også til alles tilfredshed.

ill. Blåt stof med hvide blomster på

Der var jo nemlig købmanden, og der havde jeg købt dejligt blåt stof med hvide blomster på - til en sommerkjole til mig selv og så stof til et stribet forklæde, som jeg allerede havde syet. Jo, det var spændende at komme ned i den butik. Der arbejdede også den voksne søn, som hed Inge Håkanson. Det syntes jeg lød mærkeligt, men Inge er et drengenavn i Sverige.

En anden god ting i køkkenet var vasken, der var en dobbeltvask i rustfrit stål, så den ene afdeling var beregnet til rengøring af grøntsager. Det var dengang ukendt for mig. Jeg havde aldrig set sådan en i Danmark, men bestemte, at sådan en ville jeg også have engang, for det indså jeg var meget praktisk og hygiejnisk. Opvaskemaskine var der ikke. Fandtes den mon dengang?

Og så var der jo Master Mixeren, og den var god til mange ting. Men hver lørdag morgen blev den sat i gang med at ælte en stor portion dej efter en opskrift, recept kaldtes det, som Kerstin havde. Mens dejen æltede i maskinen, gjorde jeg i orden andre steder i huset, og når dejen så var færdig, bagte jeg hvedebrød og kanelsnegle og andet, så vi havde til den kommende uge. Af og til bagte jeg også småkager. Jeg fik ros for mit bageri. Det var der temmelig stor begejstring for, og der blev sagt, at hvis jeg ikke vidste, hvad jeg ville i fremtiden, kunne jeg bare åbne et hjemmebageri. Det var da rart at vide!

Hvordan så med tøjvask? Jo, der trådte Kerstin virkelig til. Når alt det store skulle vaskes, sengelinned, håndklæder, viskestykker, duge m.m., blev det samlet sammen, og vi kørte til en tvættstation, et vaskeri, i en anden by, hvor vi så var hele dagen og fik ordnet tøjet, rullet og så videre, så vi kunne køre hjem med det hele fint ordnet. Det var altid en dejlig dag. Kerstin gik meget op i at have pænt sengelinned. Jeg tror ikke, at hun selv broderede, men hun kendte en

ill. Master Mixeren

dame, som hun fik til at brodere monogrammer og mønstre på f.eks. pudebetræk og overslaget på overlagnerne, og det betalte hun gerne for at få gjort. De mindre ting, sokker f.eks. vaskede jeg i klatvask, som man siger. Engang, da Kerstin hjalp lidt ved det i udhuset, bad hun mig gå ind i køkkenet og hente en bunke. Jeg så mig om efter en bunke tøj, men det var et stort kar, jeg skulle have med ud. Det ord kendte jeg ikke.

Nu kommer jeg til ordet Blomkål! For blomkål spiller en meget stor rolle i mine erindringer fra præstegården.

Engang i det tidlige forår kom Kerstin hjem med et blomkål, hun havde købt og som hun var meget stolt af. Det skulle vi have til middag næste dag. Det var fredag og Maria Bebudelsesdag, som var helligdag i Sverige, og det var mig, der havde 'vagten'. Vi skulle da spise til middag kl. 12:00. Da klokken var et' kvarter i 12, kommer Kerstin ud i køkkenet og så, at blomkålen lå på køkkenbordet, og det er ikke kogt. Hun bliver så gal i hovedet, at hun tog blomkålen og kyler det ned i gulvet og sagde, at nu var det hele lige meget, og jeg kunne bare smide det i skraldespanden. Mærkeligt nok var jeg ganske rolig, så jeg samlede kålen op og lagde den på bordet. I dag ved jeg jo, at et blomkål sagtens kan nå at blive klar på et kvarter, det kan nemmere få for mange minutter, men det vidste jeg ikke dengang, og det må Kerstin heller ikke have vidst.

Imidlertid kommer vi så hen til søndag, hvor jeg havde fri, men var blevet i præstegården; jeg kunne jo ikke tage til min familie i Tåstrup præstegård hver friweekend. Jeg gik så lidt til hånde i køkkenet, men det var Kerstin, der stod for maden. Nu var der gået et par dage, og jeg kunne godt tillade mig at sige:" Har du nu husket blomkålen?" Ja, ja, den stod og var færdig i gryden der, fortsatte hun.

Vi spiste middagen, som vi altid gjorde i den smukke spisestue med de hvide møbler, og efter middagen bar vi servicet ud i køkkenet, og der stod blomkålen urørt i sin gryde. Vi havde begge 2 glemt at sætte den ind!

9. Blomkålskrigen

Den anden gang, der optræder et blomkål, er næsten mere dramatisk.

En dag skulle John-Erik og Kerstin af sted til syforening, og derfor skulle vi spise tidligt til middag i spisestuen, før de store børn var kommet hjem fra skole. Vi skulle have blomkålssuppe. John-Erik sad ved den ene bordende og Kerstin ved den anden, mens Malena og jeg sad ved den ene langside.

Lidt inde i måltidet siger Kerstin til John-Erik:" Nu må du huske, at der også skal være nogle blomkålsstykker til børnene!" Da bliver John-Erik så vred, som jeg aldrig har set ham (efter min mening skulle han være blevet det, lidt oftere). Han blev så vred, at han tog sin ske, fiskede et stykke blomkål op og smed det ud midt på dugen, idet han sagde, at det vidste han i hvert fald, at han ikke var den, der tænkte først på sig selv. Bang tjur'! Så tog Kerstin kampen op, og så kom der blomkålsstykker henne fra hende også, og så fremdeles. Imens sad jeg og sagde spagfærdigt: 'Jeg har taget fra til børnene, ude i køkkenet', men det var der ingen af dem, som hørte. Jeg ved det ikke, men man skulle nærmest tro, at blomkål i Sverige blev anset for en særlig fin og dyr spise.

Mit værelse, pigeværelset, var stort og lå i det fjerneste hjørne af huset. Der stod den væv, som Krudt havde vævet på, og til værelset hørte et lille rum, en slags garderobe. For at komme dertil, skulle man igennem et stort - næsten tomt rum, som kun blev brugt til, at f.eks. stygekurven og sådanne ting kunne stå der.

Jeg opholdt mig næsten aldrig på mit værelse, undtagen om natten, når jeg sov. Jeg havde næsten heller ikke tid til at være der. Men efterhånden som året skred frem, blev det lidt koldt at sove der, så der blev sat en, petroleumsvarmer op, og så kom John-Erik lige listende om natten og kiggede ind for at se, om jeg stadig var i live og ikke var blevet forgivet af kulilte, han var ikke helt tryg ved den varmer.

Jeg selv, tænkte aldrig på det og sov ganske roligt. Men det var jo lidt uholdbart, og Kerstin syntes også, det var synd for John-Erik sådan at skulle holde øje med det hver nat. Enden på det blev, at jeg blev flyttet ned i forstuen eller vestibulen og sov på en sofabænk der. Jeg havde jo stadig mine ting på værelset, men der var jo ikke meget privatliv, idet det var gennemgangsrum til præstens studerekammer. I dag tror jeg ikke, det kunne gå, da kunne man ikke byde folk sådanne forhold, men det gik dengang.

ill. Som man forestiller sig færgen imellem Sverige og Danmark/København

Nogle af mine klassekammerater fra Vejle var jo begyndt at studere i København. Således også Anna, som læste medicin. På et tidspunkt kom det på tale, at jeg havde en veninde der, og jeg fik lov til at invitere hende over i en weekend. Da boede jeg endnu på mit værelse, så der kunne hun også sagtens overnatte. På den måde var familien jo meget generøs og venlig. Jeg skulle hente Anna ved færgen i Malmø, men uheldigvis var jeg tidligt om morgenen snublet på den udvendige trappe til køkkenet og havde forstuvet min højre ankel. Det var ikke så godt. Anna skulle hentes, afbud kunne ikke nås, men jeg kunne ikke få min sko på. Jeg lånte så et par lidt større af Kerstin og kom af sted, selv om jeg egentlig helst ikke skulle have gået så meget. Vi fik en dejlig dag sammen, og om aftenen var vi med Ingrid på Studenterforbundet i Lund.

Der kom vi 2 unge piger til at sidde over for 2 unge svenske fyre, som ikke sagde et ord til os, førend den ene rejste sig højtideligt op og sagde: "Får jeg lov at præsentere?" og så sagde han sit navn og satte sig igen. Derefter rejste den anden fyr sig op og gjorde det samme. Først da kunne vi unge mennesker altså tale sammen. Hvilken formalitet! Det var vi ikke vant til og syntes, det var meget mærkeligt – og morsomt! Det var jo i 1949.

Det viste sig desværre, at det var en alvorlig forstuvning, jeg havde fået mig. Benet hævede og blev tykt, og det gjorde ondt, og det var altså heller ikke blevet bedre af, at jeg havde negligeret det hele weekenden. Jeg blev kørt til læge i en nærliggende by. Det viste sig, at det var lidt svært at forklare lægen der - hvad der var galt. Det var en ældre doktor, og han havde svært ved at forstå mig og kredsede længe om, at det var huvudet altså hovedet, det var galt med, men jeg sagde selvfølgelig, at nej, jeg havde ikke slået hovedet, det var benet, det var galt med. Da han endelig kom frem til at undersøge det, beordrede han mig til at sidde i ro med benet oppe i en uge.

Det blev så til, at jeg hjemme igen, i præstegården - sad i den lune krog ved Agaen og stoppede strømper, og alle de stømper, var der nemlig nok af, med huller i. Desuden humpede jeg da lige omkring og klarede måltiderne og opvasken i køkkenet. Men jeg fik rigtignok at vide, at jeg var ikke så god til ar stoppe strømper, som den første Blenker-pige, de havde haft. Det var helt fantastisk så tæt og flot, hun stoppede. Det var da et held, at jeg i det hele taget havde lært at stoppe strømper. Det er der vist ikke mange unge, der kan i dag, men dengang kunne vi - på grund af krigen, den havde fået folk lært at passe på tingene og bevar, det man havde.

For øvrigt var jeg ikke sådan syg i de 7 måneder, men jeg led meget af migræneanfald, og en gang var det et særligt grimt anfald, så jeg måtte ligge alene derhjemme i mørke, og de andre tog til en fest, men det var jeg aldeles ligeglad med, så dårligt havde jeg det.

Her sidder jeg på sengen

I Sverige fejrer man naturligvis fødselsdage som vi gør, men de fejrer også 'Namnsdage' altså navnedage, og der er det jo en fordel at have flere navne, hvad mange svenskere for øvrigt har. F.eks. John-Erik. Alle årets dage har jo navn, oftest efter en eller anden helgen. Jeg blev også fejret, eller som det hedder uppvaktat på Anna-dagen, som er den 9. dec., tror jeg. Da kom Kerstin ind på mit værelse, med alle børnene, bærende med en pyntet morgenbakke med blomster og gaver tidligt, om morgenen, FØR jeg var stået op. 'De' skulle jo nå det, førend de skulle i skole. Det var jo herligt og aldeles uvant. Desuden var det interessant at opleve den skik. En anden lille ting, som også skal nævnes, som en' oplevelse fra min tid i Sverige.

ill. Lund Domkirke

Når det kunne passe, tog jeg jo til min familie i Tåstrup. Jeg kan huske engang, hvor min jævnaldrende fætter, Jørgen, - var 'så flot', at hente mig ved færgen i København, så at vi kunne følges ad, det sidste stykke vej til hans hjem. Men det jeg vil fortælle er, at min onkel Immanuel kom engang, fra præstegården i Tåstrup, til Lund for møde mig på sin fridag. Han gav os, middag på et hotel, og vi så forskellige ting, bl.a. Lund Domkirke, som er meget interessant. Den var bygget af danskerne, grundlagt omkr. 1100 og indviet af Ærkebiskop Eskild. Der er et sagn om munken Laurentius og trolden Finn. I kirkens krypt står den dag i dag trolden Finn og hans kone som stenstøtter. Inde i kirken er også 'Det astronomiske Ur', og 2 gange om dagen går klokkespillet i gang, hvor bl.a. Jomfru Maria med barnet kommer frem. Det var rigtig sødt af min farbror - at sætte mig stævne i Lund.

ill. Mortens and

Da vi skulle fejre Mortensaften, som jo er aftenen før Mortensdag d.11.november, var familien inviteret til at komme til Tommelilla til John-Eriks 2 ældre ugifte søstre, og da fulgte jeg med. Hvordan vi alle 7 kunne være i den lille folkevogn, er ubegribeligt, men restriktionerne var nok ikke så strenge dengang. Til middagen fik vi svartsoppa, sortsuppe, hvilket er suppe lavet af andeblodet og med æbler og svesker i. Igen: svenskerne bruger virkelig blodet af de dyr, de slagter. For mig var det gyseligt, både smagen og tanken, men jeg skulle smage og klarede det da også med en lille bitte portion. Når man ikke havde ande- eller gåseblod, brugte man griseblod. Jeg var da glad for, at jeg skulle følge med og nød nok også turen, men det er mindet om denne specielle ret, der står klarest i min erindring.

'Ikke komme hjem i julen?'

Nu nærmede julen sig, og da kom den helt store overraskelse for mig. Jeg gik ud fra som en selvfølge, at jeg skulle hjem til mor & far, juleaften. Jeg havde jo ikke været hjemme i næsten 4 måneder, men nej, man kunne ikke undvære mig i præstegården. Det var et chok, og jeg græd det bedste, jeg havde lært, men lige lidt hjalp det. Jeg kunne ikke få fri, førend anden juledag, men så måtte jeg til gengæld blive hjemme til efter nytår. Men storsindet, som præsteparret var i den henseende, måtte mine forældre gerne komme til Norrvidinge og fejre julen med os der. Det var imidlertid helt udelukket. Min mor var ikke i stand til at foretage denne rejse, det havde hun slet ikke helbred til.

Ikke desto mindre endte det med, at det - der først var så forfærdeligt, blev til stor glæde for mig. Det viste sig jo, at det var meget sjovt og spændende at opleve en svensk jul, og jeg kom jo hjem til en overnatning hos min onkel og tante i Tåstrup. Så fik de også lige deres gaver fra mig. Det endte nok med, at det var mest synd for mine forældre at undvære mig juleaften, de havde jo ikke andre så, at holde den aften med.

Jo, der var meget spændende i gang op imod jul.

Som tidligere nævnt havde vi jo tant Emma til at ordne gris. Rengøringen af rummene skulle der gøres lidt ekstra ud af, så der kunne være pænt overalt, f.eks. ryddes godt op i børneværelserne. Thomas havde sit eget lille drengeværelse - tæt ved køkkenet, og de 3 piger havde deres temmelig store rum ved siden af forældrenes soveværelse. Ingrid havde været på besøg og lavet honningkagehus. Hun havde været med til at pynte huset op med juleting, gran m.m. og hun havde lavet en lang frise af papir, der blev sat op over skænken i spisestuen. Den var smukt tegnet og farvelagt, og hun havde skrevet lidt af vers fra en gammel svensk vise: "Staffan var en stalledreng – han vatner< sina foler (heste) fem!" Jo, sådan noget kunne Ingrid også.

Og nu lærte jeg også en skik, de havde der i huset. Jeg husker ikke, om det var lillejuleaften eller 'lille' lillejuleaften, men i hvert fald en af disse aftener kom alle børn særlig tidligt i seng. Når de alle var faldet i søvn, gik de voksne (Ingrid var der endnu) ind på deres værelser og tog de legesager, der var blevet lidt dårlige og havde fået nogle skavanker. Alt dette, blev så lagt på et bord, og vi sad alle sammen rundt om det og reparerede legetøjet en efter en', så alt blev fint igen. Det kunne være en dukkekjole, der skulle syes lidt, en arm, der var gået løs, et stykke drengelegetøj inde fra Thomas, så præsten måtte til værktøjskassen. Det var både hyggeligt og sjovt. Når så alt var klaret, blev sagerne stillet pænt op i børneværelserne, så børnene kunne vågne spændte op og se på deres gamle legesager, som igen var friske og pæne.

ill. En 'lille' lillejuleaften

Det var en overraskelse for mig, at selve juleaften ikke var særlig højtidelig med salmer og juleevangelium, som jeg var vant til det hjemmefra. Det var mere julesange og viser, f.eks. 'Nu er det jul igen', hvor vi løb igennem alle husets rum - i en lang kæde. Vi skulle vist egentlig også være løbet rundt om huset, men det var for koldt, det år. Nej, det højtidelige var den meget tidlige gudstjeneste julemorgen, fromessen, som jeg også var med til. Hvor tidlig, den var husker jeg ikke. Men vi fik julegaver juleaften. Af familien fik jeg ternet uldent stof til en ny kjole og også stof til en bluse. Begge dele syede jeg senere og havde stor glæde af, da jeg kom på seminarium i København. Jeg havde skam også gaver til alle og kan huske, at jeg til de store piger, havde jeg broderet huer.

ill. Surstrømning

Jeg husker ikke, hvad vi spiste juleaften. Det har måske ikke været så anderledes, men før jeg rejste hjem, nåede jeg at se, hvordan frokostbordet var rettet an, nærmest som en buffet. Der var diverse sild, som svenskerne er så gode til, og så var der en kæmpestor glaseret skinke, som man åbenbart kunne gå og skære af i flere dage. Speciel var lutfisken, som virkelig er et særkende i svensk julemad, men den brød jeg mig nu ikke om, men den var dog spændende at blive præsenteret for, for man havde jo hørt så meget om den. Lutfisk er lavet af tørret fisk, som regel torsk, som har ligget i Kautisk Soda og derefter er udblødt i vand. Den kan være helt klar, næsten gennemsigtig og bliver spist med sennepssovs og forskelligt tilbehør. En typisk juleret. En anden 'delikatesse', som jeg dog heldigvis kun hørte om, var Surstrømning. Det er en sildeart, der er mere mager end den typiske sild. Den lægges i saltlage i store tønder, hvor den gærer og går i forrådnelse. Surstrømning bliver solgt i konservesdåser, og man siger, at man simpelthen skal åbne dem udendørs, og at de inde i huset fylder hele huset med en forfærdelig dårlig lugt, stank. Mærkelig smag, svenskere har, syns man.

Ja, så rejste jeg hjem og havde det dejligt i Vejle, og mine forældre var glade for at have mig hjemme. Et par dage efter nytår, rejste jeg tilbage til præstegården. Min far fulgte mig til toget, og da var det lidt sværere at komme af sted, og det kan også være, at jeg havde fået lidt lukket op for posen, at det ikke altid havde været lige let i Norrvidinge præstegård, ting som jeg ikke havde skrevet hjem om.

Men jeg kom tilbage til de sidste 3 måneder, og jeg tror da, at det er sundt at prøve noget i de unge år, også lidt modgang, og det modner jo nok også en. Det blev så ikke hjemmebagerske, jeg blev. Først blev jeg vikar på en skole i Vejle i et par måneder og siden Zahles Seminarium i København, så at være folkeskolelærer, blev mit job.

Den 1. april skulle jeg fratræde min plads. Jeg fik en god anbefaling med af Kerstin. Jeg sagde farvel, og det blev deres ven fra en af gårdene, farbror Svenn Rossdahl, der kørte mig og min kurvekuffert til færgen i Malmø.

Med mig hjem havde jeg kaffe og sukker og mandler - måske flere gode ting, som vi enten ikke havde endnu i Danmark, eller som var rationerede. Men for at få disse ting med gennem tolden skulle Kerstin og John-Erik skrive en attest, der skulle vedlægges mit pas. Der var altså nogle formaliteter. På samme måde var der også omstændigheder med min skat. Det viste sig efter et stykke tid, at jeg skulle have en smule penge tilbage i skat. Det var nok efter at jeg var kommet hjem, men hvis jeg ville have dem, måtte jeg rejse til Sverige efter dem. Sådan var det. De kunne ikke sendes. Det gjorde jeg så engang, og kunne lige købe mig et par hvide skind-sommersko med flet. Vældig flotte!

Efter nogle år aflagde jeg visit i præstegården, men vi havde fjernet os så meget fra hinanden, at det sagde mig ikke rigtigt noget og blev aldrig gentaget. Men Ingrid holdt jeg ved, og gennem hende fik jeg af og til lidt at vide om familien og også siden om børnene, hvor de var kommet hen og sådan, for hun blev ved at holde forbindelsen til præsteparret og børnene.

Ja, så kørte farbror Svenn altså af sted med mig, og jeg kan huske, han spurgte, om jeg ikke troede, at jeg ville komme til at savne Sverige. Jeg tror nok, jeg fik sagt nej med et ret voldsomt eftertryk. Jeg var glad for at komme hjem. Det var sundt at komme ud og se både sit hjem og Danmark udefra, man skønnede på det 'derhjemme' på en helt anden måde. På seminariet fik jeg en god veninde, Bente fra Ålborg. Hun kom fra at have været au pair et år i England. Når vi to kom til at tale om vores ophold i udlandet, kunne vi ligefrem bryde ud i fryd, ved at være hjemme igen i gamle Danmark. Vi nød det gammelkendte og den lette omgangsform, vi havde, noget som svenskerne også værdsatter. Farbror Svenn var også hyggelig, 'trevlig', gemytlig og rar. Han sagde, at han godt kunne lide danskerne.

Her slutter min beretning om min tid i Norrvidinge præstegård. Jeg kunne også have kaldt den: Fremmedarbejder i Sverige, anno 1949 til -50?

10. Valg af uddannelsesvejen

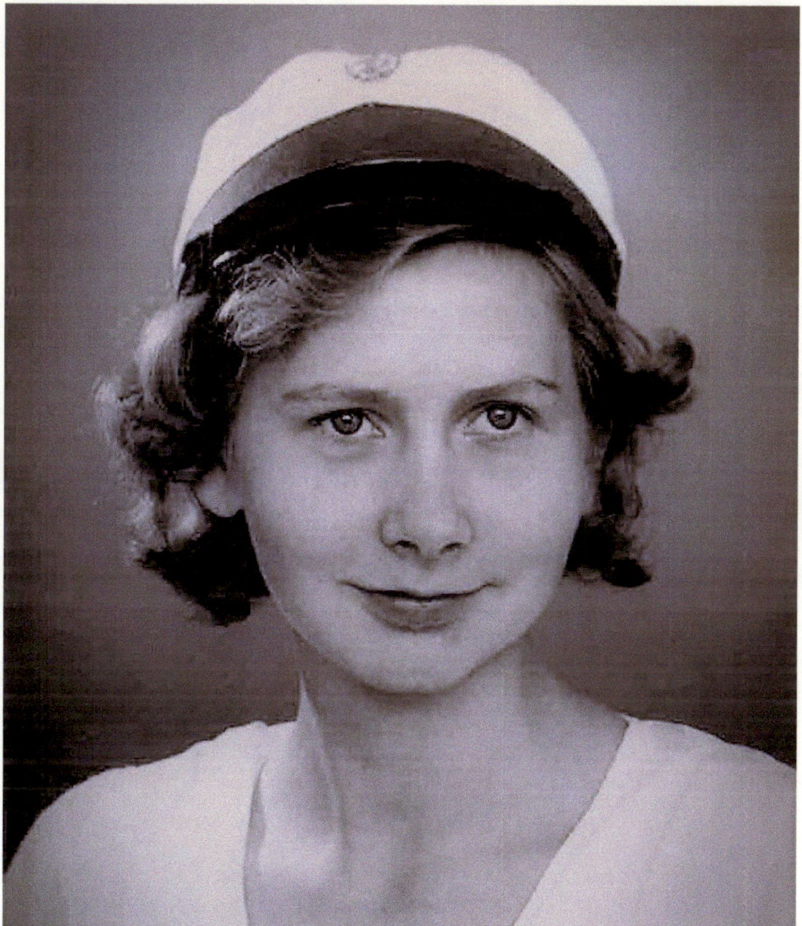

Anna-Ruth

Rundt omkring kaffebordet hos Erna Anker Nielsen, fyldt med gode venner til Hans. Det er hans kæresten fra Tyskland, Ursula, som sidder der solbrun og med cigaretten. Jeg sidder yderst med ryggen til.

Hyggelig samvær omkring klaveret, hvor Hans spiller. Jeg sidder yderst fra venstre.

Efter at havde været i huset hos præstefamilien i Sverige og jeg igen kom retur til Danmark, ville min far have, at jeg så fandt ud af, hvad jeg videre skulle. Hvilken uddannelse jeg ville satse på? Det første jeg tænkte rigtig meget på var, at jeg ville gå arkitektvejen eller være endnu mere det, at blive indretningsarkitekt. Jeg har altid interesseret mig for at skabe, være kreativ - og jeg havde da også allerede fået papirerne tilsendt, fra Frederiksberg Tekniske Skole.

Det med det uddannelsesvalg, var der så flere i omgangskredsen, som talte mig fra - for de mente ikke, at gav ikke en god levevej, det var på det tidspunkt et meget usikkert job. Det gjorde sit til, at jeg ikke turde jeg gå videre med tankerne på det studium.

Fra jeg kom hjem fra Sverige i 1949, havde jeg fra 1. april i til sommerferien, et' vikarjob på Frk. Seligmanns Skole i Herslebsgade 3. I Vejle.Der fik jeg hele 4.-kr i timen! Først troede jeg, at det var en fejl - for det var jo meget i forhold til de først 80.- siden 90.- kr., jeg fik om måneden i Sverige.

Det blev så lærergerningen, at jeg satsede på

Studievalget, blev København. Det valg, var jeg ret opsat på, - selvom mine forældre hellere ville, at det blev tættere på dem, f.eks. i Silkeborg. De var jo også blevet ældre og især min mor. Jeg var desuden også deres eneste barn.

Først søgte jeg ind på Emdrupborg, Danmarks lærerhjskole, og derefter KFUM's Seminarium og så som 3. priotet var det Nørre Zahle Lærerseminarium. Og det blev så Zahle, da de andre steder allerede var optaget for tilgang af elever.

Hen over sommerferien, var jeg hjemme hos mine forældre, på Koldinglandevej i Vejle. Min far satte en annonce i avisen, hvor vi søgte efter et' værelse til mig i København. Der kom rigtig mange tilbud. Jeg tog så over til København, hvor faster Lise boede. Hun og jeg tog ud og så på nogle af de værelser, vi havde fået svar på.

Der havde vi så også set på det værelse på Øster Farimagsgade 4, 4. sal - det sted, som det faktiske endte med, at jeg tog - men der var en 'dårlig' ting ved værelset, nemlig at var ikke varme på selve værelset? Det kunne man kun få, hvis døren ind til stuen, stod åben og varmen derfra blev ledt ind på mit værelse.

Derfor, havde vi også set på et' værelse, ude i nærheden af Landbohøjskolen. Igen hos en dame, ligesom værtinden det første sted. Men det værelse der, var kun møbleret med ene gamle møbler. Det brød jeg mig slet ikke om. Jeg skrev derefter til hende, at jeg ikke var interesseret, men så skrev hun tilbage, at det skulle jeg heller have lov til, når jeg nu ikke syntes om det. Det at jeg havde fået så mange tilbud ind på værelser, gjorde jo så, at jeg kunne hjælpe så mange andre med et værelse, også min gode ven -og tidligere studenterkammerat, Axel. Han kom til at gå på Emdrupborg lærerhøjskole. Det blev så endeligt hos fru Erna Anker Nielsen, på Øster Farimagsgade 4, at jeg kom til at bo. Det blev jeg også rigtig glad for. Jeg fik hendes søns værelse, - han var nemlig i Tyskland, hvor han uddannede sig.

Mit værelse, vendte med udsigt ud til både Stokholms gade, Østre anlæg og Sølvtorvet samt Den Hirschsprungske Samling (- som er et museum). Hos fru Anker Nilsen, skulle jeg betale 120.- kr. for kost, 70.- kr. for værelset og så kostede det 30.-kr, som gik til seminarie og skolepenge. Far sendte pengene over på en check hver måned, fra en forsikringsopsparing han havde tegnet til mig - allerede da jeg blev født, - som skulle gå til min uddannelse. Min værtinde måtte over i sin bank og hente de tilsendte penge og hæve dem for mig - for 'de' ville skam ikke i banken, udbetale direkte til mig. Jeg havde så de sidste 30.- kr. til lommepenge.

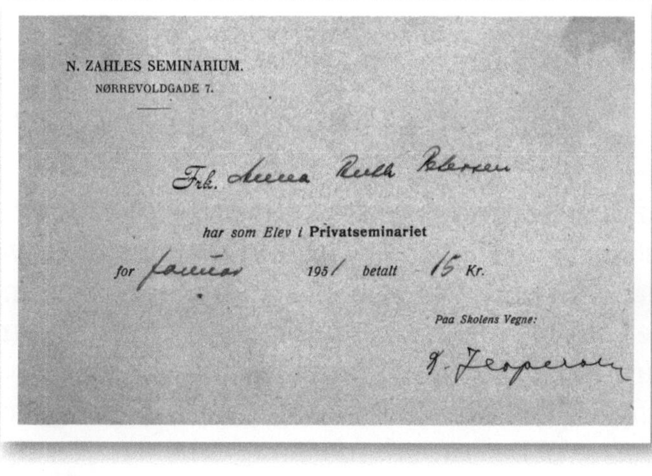
N. ZAHLES SEMINARIUM.
NØRREVOLDGADE 7.

Frk. [illegible]

har som Elev i Privatseminariet

for [illegible] 1951 betalt 15 Kr.

Paa Skolens Vegne:

[illegible]

Indbetaling for februar måned 1951, til skolen - 15 kr

Jeg lærte flere 'spare-ting' af min værtinde. F.eks. at man til en kop the, jo ikke behøvede at sætte en hel fyldt kedel vand over på komfuret, men kun at fylde kedlen med den mængde vand man skulle bruge. Det samme gjaldt, da jeg længere henne i opholdet, fik job på et anneks, som hørte til et Missionshotel. Her skulle jeg gerne stryge mit hvide serveringsforklæde og der skulle jeg også spare på strømmen og slukke for strygejernet kort efter, i flg. min værtinde. Men det var dejligt at bo der og jeg var med til en del i familien. Jeg var også med til fællesspisning og familiearrangementer.

Når Ernas søn Hans, kom hjem fra Tyskland til lejligheden, havde han ofte besøg af sine kammerater - og de havde en 'klub' som de kaldte for 'klub 1013' vist et navn, som de brugte tidligere, i deres fælles gymnasietid.

Jeg blev ret hurtigt kaldt 'Lillepeter' af Fru Anker Nielsens svoger. Det kom sig jo af mit efternavn, Petersen. Det navn fortsatte hele livet, imellem os - da min værtinde og jeg holdt kontakten igennem alle årene. Selv på brevene hun skrev til mig, stod der altid: Kære Lillepeter!

'De kan godt gå ind, - for der er ingen!'

En af Hans's kammerater skulle, en af de aftener, de var samlet - på toilettet. Det lå i forbindelse med min værtides soveværelse. Det var mørkt i rummet og kammeraten, kunne så se lys under toiletdøren, så derfor stod han op ad dørkarmen og ventede og ventede... Lige pludselig, lyder det fra sengen, som min værtinde lå i: 'De kan godt gå ind, - for der er ingen!' Det var lidt morsomt, men derefter fik Anker Nielsen sat en lille trævæg op langs hendes seng - så det blev til en lang smal gang i soveværelset, og dermed mere opdelt, så hun ikke lige lå til skue, for de unge gæster, fremover.

Og vi, Fru Anker Nielsen og jeg, kom tættere på hinanden i den tid jeg boede der, men vi var altid 'dis'/De - også længe efter, at jeg var rejst derfra. Da jeg selv stiftede min egen familie, blev min mand og Anker Nielsen faktisk mere dus i talemåden, men jeg gjorde ikke – for det passede nu bedst sådan.

'Nu stødte den til...'

Det var almindeligt, at solen blev 'skudt ned' med kanonslag ude fra fortet i København. Ikke altid kunne vi høre braget, det var helt afhængigt af vindretningen. Men en dag hvor vi 2, stod inde ved skrivebordet på mit værelse, kunne man rigtig høre kanonskraldet og Anker Nielsen, udbrød: 'Nu stødte 'den' på!' Og jeg stod der, noget betuttet. Det viste sig, at det var et udtryk, som Hans brugte. Det var jo ren spøg!

Nogle gange var toilettet - som jo var det eneste i lejligheden - så optaget og sønnen råbte, - at nu løb han over på 'Sølvpotten' i stedet. Det var et off. pissoir for mænd, som lå nede på Sølvtorvet - derfor navnet. Kammeraterne til Hans, bruge selvfølgelig også denne mulighed på torvet.

Hans var i lære, - i læderbranchen i Tyskland, det var noget hans far, havde skaffet ham. Forældrene var blevet skilt, men jeg mødte ofte faren, når han kom til fru Anker Nielsen og indbetalte det månedlige hustrubidrag til hende. 'Så kom min mand! - som hun sagde det, på rigtig københavnsk.

Der kom også en rengøringsdame i lejligheden og gjorde det hele i stand. Jeg husker også rengøringsdamen, som en hyggelig dame. Fru Anker Nielsen, som jeg altid tiltalte hende, arbejdede i mange år, som ekspeditrice hos en urmager nede på Sølvtorvet. Så hun havde også sin egen indtjening, - altid nydelig og veltalende, var hun.

'Vi fik en tysker, Peter boende'

Endelig kom Hans så hjem fra Tyskland. Han var nu blevet soldat og 'lå' i Høvelte ved Birkerød, på soldaterhjemmet i den tid.

ill. En tysker, Peter

Hans havde en god tysk kammerat, Peter, som ikke havde et sted at bo. Derfor viste Fru Anker Nielsen igen, en stor generøsitet, idet han kom til at bo på 'pigekammeret' - som lå lige op til køkkenet i lejligheden. Det var ellers der, hvor jeg havde mit vaskefad og andet. Så hvordan jeg så klarede dette 'toilette' husker jeg ikke? Men mon ikke det foregik inde hos mig selv, på værelset?

Nogle gange kunne man om natten, højlydt høre fra Peter, at han havde mareridt omkring hændelserne i krigen. Det var ikke så rart at opleve og har jo slet ikke været for ham, i virkeligheden. Peter, var i det daglige, en festlig og sjov fyr. Han havde kun et' ben, da han havde været med i krigen og var som 16-årig blevet beskudt og benet måtte derfor fjernes. Han havde derfor et' kunstigt ben i jern, som kunne skrues af og deles. Det stod nu mest i det lille kosteskab. Jeg var altid bange for at komme til at støde på det.

Peters festlige humør og lune, udnyttede han også, da han p.gr. af sit handicap, havde en slags frikort til sporvognen - som gav ham fri adgang til at køre en bestemt rute i København - altså en begrænset rute/længde. Men Peter, kunne godt finde på at køre med det længere. Når han så blev gjort opmærksom på, at kortet **ikke** gjaldt så langt, benyttede Peter sig af, at han var tysker og 'udnyttede' det med, at han ligesom ikke lige forstod hvad de sagde og hvad det faktisk drejede sig om? - og så gik det alligevel!

Da Peter efter en stykke tid, igen skulle rejse retur til Tyskland, var det gået sådan, at det kunstige ben, i samlingen, var rustet fast. Det var efter, at han havde været ude at bade med en pige og det havde det kunstige ben jo selvfølgelig ikke haft godt af.

Det blev nu min opgave at tage benet med til smeden, som så skulle få skilt delene ad. En opgave, som jeg ikke var særlig stolt af - dels havde jeg ikke været glad for at opleve 'benet' inde i skabet og dels det, at skulle afsted i byen med 'benet... Men jeg gjorde det! For Peter var nødt til at have benet med tilbage til Tyskland, for ellers havde han ikke noget 'bevis' på at kunne få det erstattet til et nyt, som jo var tiltrængt. Hjemme hos 'os' - kunne Peter gerne sidde og svinge rundt med det tomme bukseben, men når han skulle ud, skulle han jo ligesom have det kunstige ben på.

Hans og Peter var en dag, i Tivoli. Imens de gik rundt i haven der, lød der pludselig et' **højt** skrig fra nogle damer, bagved dem. Det viste sig så, at skoen på det kunstige ben, vendte bagud. Og det havde Peter ikke bemærket. Mærkeligt, må det også have' set ud?

Jeg kan godt synge, men jeg er ikke musikalsk

Min læreruddannelse fik jeg på N. Zahles Seminarium i København fra 1950-52. På det tidspunkt, kunne man tage uddannelsen på 2 og 1/2 år... Der var nemlig udstødt en nødordning med en hurtig uddannelse p.gr. af en ekstrem lærermangel, så man 'hurtigere' kunne få nyuddannede lærer ud på skolerne. Denne læreruddannelse, kunne man bygge ovenpå en studentereksamen og det betød, at man overførte fra gymnasiet i rigtig mange fag, som f.eks. historie, litteraturhistorie, tysk og engelsk.

Det vil sige, at det var en noget 'skrabet' uddannelse, som var uden disse 'ånds-fag', og det kunne jeg godt savne lige, der. Til gengæld blev man jo så hurtigt færdig med uddannelsen – hvilket jo yderligere havde den fordel, at forløbet, ikke blev så dyrt, som det ellers ville have været tilfældet. Af nye fag, havde vi så fået kirkehistorie og psykologi, for bare at nævne nogle.

På seminaret, var vi ene kvinder - vi havde så, som Forstander - Poul Hartling. Han blev senere en meget kendt venstrepolitiker og siden også vores statsminister. Sidenhen fik Hartling også andre høje poster, som f.eks. FN's flygtningehøjkommissær.

Til en håndarbejdslærereksamen, hvor jeg var 'lidt sent på den', stod Poul Hartling og nærmest tog imod mig og mit overtøj. Det fandt jeg lidt overdrevet, husker jeg - men selvfølgelig en episode, som jeg udmærket husker nu.

Somme tider er der nogen, der siger, at jeg synger godt. Det er jeg naturligvis glad for at høre. Jeg synger også godt til, jeg kan lide at synge alle vores dejlige sange og salmer sammen

N. Zahles Seminarium, hvor jeg står nr. 1 fra højre i 3. række. Herren i højre side, er Forstander Poul Hartling.

med andre. Jeg nyder virkelig den enestående sangskat, vi har her i landet. Der er så megen skønhed og lødighed i digtningen, og de kendte melodier elsker vi nok også alle sammen. Men jeg har nu aldrig haft lyst til at tilmelde mig et kor, men jeg er da overbevist om, at det giver store oplevelser hos deltagerne.

Men det som jeg især vil fortælle om nu - er sang-og musikundervisningen. Det skulle vise sig, at det var noget, der fyldte rigtig meget på seminariet. Man blev 'afprøvet', om man kunne testen eller om man skulle kasseres. Prøven bestod i, at spillelærerinden sang en tone, og den skulle man så ramme. I dag siger jeg, at det kunne jeg - desværre, for set i bakspejlet ville jeg gerne have været fritaget, men nu var der ingen ”Kære mor”, nu fangede bordet, som man siger.

Sangen hører til Chr. Winthers første digtsamling "Digte" fra 1828.

Flyv, fugl! Flyv over Furesøens vove!
Tekst: Chr. Winther, 1828
Melodi: J. P. E. Hartmann, 1838

Flyv, fugl! Flyv over Furesøens vove!
Nu kommer natten så sort,
alt ligger sol bag de dæmrende skove,
dagen den lister sig bort.
Skynd dig nu hjem til din fjedrede mage,
til de gulnæbede små,
men når i morgen du kommer tilbage,
sig mig så alt, hvad du så!

Flyv, fugl! Flyv over Furesøens bølge,
stræk dine vinger nu vel!
Ser du to elskende, dem skal du følge,
dybt skal du spejde deres sjæl.

sangen “Flyv, fugl, flyv...”

Da jeg fyldte 10 år, fik jeg et brugt klaver af mine forældre, en meget flot gave, som gav især min far mange forhåbninger om, at jeg skulle spille, og han skulle synge. Jeg gik til spil, som det hed, i 4 år, hos frk. Riis, men det var under gråd og tænders gnidsel, for jeg havde absolut ikke flair for det, og af den grund hadede jeg også at øve mig og fik det ikke gjort, og ofte fik jeg af mor lov til at slippe. Jeg kom aldrig i de 4 år med til en elevkoncert.

ill. Som man kan forestille sig, mig til klaverundervisning

Engang var jeg på violinen, i færd med at øve, 'Für Elise' af Beethoven. Dog blev jeg **aldrig** god nok til, at jeg kunne komme med til koncerten, hvilket jeg nu heller ikke var ked af. Når alt det er sagt, fik jeg da lært noderne, og det har jeg så, haft glæde af siden i flere sammenhænge.

Når man var godkendt til sang og musik, skulle man spille et' instrument. Det var fra starten udelukket, at det kunne blive klaver for mit vedkommende. Jeg kunne alt for lidt på det tidspunkt, og – oh ve! – ja, så måtte det blive violin.

Det var jo som at begynde **helt** forfra på et instrument, men der blev sagt, at det var lettere at transponere på violin end på et klaver. At transponere vil sige at kunne flytte en melodi op eller ned i tonelejet, og det kan jo være meget nyttigt at kunne. Nu var der altså ikke noget at gøre, og jeg lånte en violin af min kusine, Rigmor, og begyndte derefter på mine spilletimer hos min i øvrigt søde spillelærerinde, som jeg tror godt kunne lide mig, selv om jeg absolut ikke var nogen dygtig elev.

'Ja! og det med herrer!'

Engang sagde jeg, da jeg var lidt ærgerlig på seminariet: 'Det er et værre frøkenkloster, det her!'

Dengang var det udelukkende et' kvindeseminarium, og jeg ville hellere have været på et blandet seminarium - f.eks. Emdrupborg eller KFUM's, men der var optaget, da jeg søgte. Nå, men da sagde min lærer: 'Hvordan kan De dog sige det, frøken Petersen? Og vi, der har bal en gang om året, ja, og med herrer!'

Sang og musik var fag hver for sig. Til sangundervisningen, der også var meget omfattende, f.eks. lærte vi at dirigere, vi havde organisten ved Københavns Domkirke, Bro Rasmussen, som var en meget flink ung mand. Vi kaldte ham trefjerdedel, fordi han ikke var ret høj, men det var meget venligt ment, at vi havde dette kælenavn til ham.

Ak og ve! Jeg var jo ikke godt forberedt?

Nå, men til slut skulle vi jo til eksamen i sang-og musik, hvilket foregik samlet i den store sal og naturligvis med fremmed censor, og det forekom mig, at det var lagt op i et plan, så man skulle tro, at det var det vigtigste frem for alle andre fag.

Vi skulle prøves i at synge en sang solo, desuden skulle vi kunne synge 'en ukendt sang' som det hedder: "Fra bladet", hvilket betyder, at man ud fra noderne skulle kunne synge sangen. Det kunne jeg simpelthen ikke. Dernæst skulle vi kunne skrive en lille melodi, som f.eks. "Jeg ved en lærkerede" med noder. Det kunne jeg heller ikke. Til sidst kom så instrumentet. I mit tilfælde violinen. Ak og ve! Jeg var jo ikke godt forberedt, det tør nok siges!

ill. Min kusines violin

Når min søde værtinde, Anker Nielsen var hjemme, syntes jeg ikke, at jeg kunne byde hende at øve mig, og når hun ikke var hjemme, fik jeg heller ikke gjort tilstrækkeligt ved træningen, det må jeg nok erkende.

Nu kom skæbnetimen: På eksamensbordet lå diverse sedler, og jeg skulle jo trække en. Teksten lød på: 'Flyv fugl flyv over Furesøens vover' Jeg greb violinen og begyndte, men 'fuglen' faldt ligesom ned midt i søen, og så var det løb kørt. Det var en jammer og karakteren lød derfor på tg kryds, altså bundkarakter.

Det ødelagde mit ellers pæne gennemsnit på min lærereksamen, og på eksamensbeviset står der sort på hvidt: Kirkesang: Nej! Skolesang: Ja!

Nu bagefter kan jeg bare more mig over det hele. Jeg er jo dog kommet gennem livet, **uden** at have disse færdigheder og klaret det nogenlunde og godt. Det viser bare det, hvilken betydning man tillagde disse ting dengang.

Som lærer ansås det for at være meget vigtigt, at man kunne synge og spille på et instrument. Ofte kom en' førstelærer på landet, ud for at skulle bestride et' ekstra embede, ved at være kordegn eller kirkesanger, hvilket måske også kunne give en ekstra indtægt. Med papirer som mine, var det jo udelukket, at jeg kunne bruges indenfor dette, så på den baggrund kan man måske nok forstå den vægt, der blev lagt på disse to elementer.

Efter dette overståede fagområde, - fik jeg **hurtigst muligt** leveret violinen tilbage til dens ejermand med et 'Tak for lån!' Siden har jeg aldrig rørt en sådan violin. Det var virkelig et overstået kapitel for mig.

ill. Tak for lån!

For øvrigt er det et helt under, at jeg ikke kom galt af sted, når jeg skulle færdedes i den københavnske trafik på cykel, medbringende violinen, som man bedst kunne det, holde på styret, samtidig med, at jeg jo skulle holde fast på violinen.

Det var ikke så let, for ofte kom den i vejen, så jeg var ved at vælte på hovedet, af cyklen. Jo, jeg var kun glad, da det hele var overstået.

Klaveret, derimod, har jeg haft hele mit liv. Jeg har kunnet spille sange, når bare jeg spillede melodistemmen med begge hænder.

Vi havde så virkelig bal på seminariet, en gang om året - og med herrer. Vi havde fætterbal, og det foregik i den før omtalte store sal, og der sad så forstander eller rektor Hartling og alle lærerne eller lærerinderne, som det hed dengang og så til, at det hele gik ordentligt til.

Jeg havde naturligvis min fætter Jørgen med, og med ham dansede jeg de frygteligste trin hen foran alle lærerne. Jørgen var frygtelig med en hel masse hjemmelavede variationer, men vi havde det sjovt. Efter ballet var Jørgen galant, gav taxa til mange af pigerne i min klasse, så de kom godt hjem. Til gengæld nåede han ikke selv S-toget til Tåstrup og måtte søge nattely hos sin mormor.

Næste dag lød det i klassen: ”Ih, hvor er det en sød fætter, du har!”

En anden sjov episode, jeg husker fra gaden. De små royale prinsesser gik på Zahles Skole og de var en’ af dagene igen, blevet afhentet fra skolen, af deres barnepige. Jeg gik på fortovet lige bag dem og de 3 gik der, foran.

Pludselig siger Prinsesse Margrethe højlydt til barnepigen: ‘Syntes du ikke, at det er mærkeligt, at Anne Marie, (den yngste af de 3 søstre) - skal arve Benedicktes sko?’ Arh, svarede barnepigen: ‘Der er som ingen fare for, at det bliver dine sko - da du jo slider skoene både på under og -overlæderet!’ Det kunne jo være helt rigtigt, for Margrethe, var der altid gang i.

Flyttede til Frederiksberg og fik et' lærerjob

Efter en god tid og endt eksamen på seminariet, fik jeg, - som hørte med i uddannelsen, det tilbud af Københavns Kommune, at få et lærerjob. Det indebar bare det, at man **skulle** blive i Københavns Kommune. Der var jo over hele landet, en rigtig stor lærermangel, så det var hårdt brug for alle os nyuddannede.

Jeg var i mellemtiden flyttet fra Øster Farimagsgade, da Hans efter endt soldatertid, kom hjem og overtog værelset. Jeg fik et værelse, hos fru Marott på Frederiksberg. Jeg boede nu tæt på mit nye arbejde.

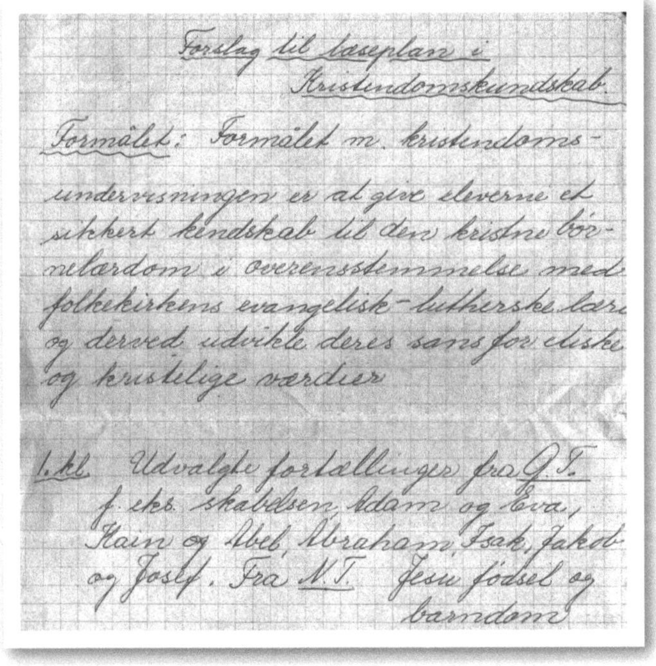

Forslag til læseplan i Kristendomskundskab.

Formålet: Formålet m. kristendomsundervisningen er at give eleverne et sikkert kendskab til den kristne børnelærdom i overensstemmelse med folkekirkens evangelisk-lutherske lære og derved udvikle deres sans for etiske og kristelige værdier

1. kl. Udvalgte fortællinger fra G.T. f. eks. skabelsen, Adam og Eva, Kain og Abel, Abraham, Isak, Jakob og Josef. Fra N.T. Jesu fødsel og barndom

Nogle af mine forberedelser til undervisning - her til Kristendomskundskab

Først fik jeg et' job som lærervikar, på Randersgadeskole på Østerbro, hvor jeg var i 1/2 år. Så blev det 'Ny Østengaards Skole', i Valby. Der var jeg i et år.

I en time på denne skole, sad 2 piger i klassen og snakkede lidt hviskende. Jeg sagde så: 'Hvad sidder I der og snakker om?' Den ene pigerne, svarede så: 'Jow..... det var bare det, om frk. Petersens bryster var ægte?' Ja, sådan kan man komme ud for **mange** sjove oplevelser. Selv troede jeg da ikke, at de ville sige sandheden.

Jeg møder min kommende mand

Jeg havde mødt min forlovede, Hans Jørgen Bavnhøj, allerede da jeg boede hos Fru Anker Nielsen. Han og jeg mødtes første gang i 'Kristelig Akademisk Forening' også kaldet KAF, som lå på 4. sal i KFUM's hus. Hans Jørgen studerede til dyrlæge, på 'Den kongelige Veterinær og Landbohøjskole', på Bülowsvej 7, på Frederiksberg.

Jeg besøgte ham tit på hans kollegie værelse. Vi havde i det hele taget en skøn tid sammen i København og var nu også blevet ringforlovet. I forbindelse med Landbohøjskolen ligger også den smukke botaniske have, som Hans Jørgen især var meget optaget af – da det botaniske, altid havde hans interesse.

Efter at han var færdig med sin dyrlægeuddannelse, mente Hans Jørgen ikke, at det ikke ligefrem hastede for ham, at få et job. Men også dyrlægeassistenter var der (ligesom lærere) overalt i landet, stor mangel på. Så HJ fik nu ret hurtigt et job, som Dyrlægeassistent hos en dyrlæge Boas i Gedved, tæt ved Horsens.

Vi bestemte os for, at vi - inden Hans Jørgens fastansættelse, ville gifte os. Det skulle derfor være i en ferieperiode, da vi godt vidste, at tiden ville blive noget hektisk for os og især Hans Jørgen, hvor der ikke var mange fridage at trække på (i det hele taget, viste det sig, at han blev 'holdt godt for' hos Boas, da det viste sig at, det var svært for HJ, at få fri til noget familierelateret).

Sammen, valgte vi så dagen, onsdag - lige før påskeferien. Vi blev viet, onsdag den 14. april i 1954 i Sct. Nicolaj Kirke. En stor flot bykirke, på Kirketorvet 1, inde i midten af Vejle.

Her står vi som et ægtepar ved vores gavebord

Selve festen foregik i nogle selskabslokaler i Vestergade 22, Vejle. Selvfølgelig var Fru Anker Nielsen også med, som gæst. Vi var i alt 50 til vores bryllup. Alle festklædte, damerne i lange kjoler og mændene i kjole og hvidt, som hørte sig til, dengang.

Min mor, som jo var gammel hotelfrue - viste det sig, at hun skulle sørge for, at alt til festen, helt ned til salt og peberbøsser. Som hun efterfølgende sagde, at så kunne hun jo lige så godt have stået for hele køkkenet, selv. Men sådan blev det ikke.

Jeg havde fået syet en flot brudekjole hos en syerske i København, som Fru Anker Nielsen, kendte. Kjolens underdel, var 'en hel sol' hvilket vil sige, at den var helt rund og havde et flot fald. Overdelen, var med ene små knapper. Min brudebuket, var fra blomsterhandler Abel i Århus, som Hans Jørgen og familien, kørte omkring efter, - inden de fortsatte videre i bil til Vejle.

Gæsterne til vores bryllup i selskabslokalerne, Vestergade 22 Vejle

Min brudebuket var rigtig stor flot forårsagtig, til 50.-kr. Forinden, havde Rigmor i Vejle, undersøgt prisen på en lignede størrelse brudebuket, men den ville koste 100.-kr. Det synes Hans Jørgen og hans familie var temmelig dyrt.

I dag, svarer det vel til langt over 1000.-kr? Hans Jørgen havde til brylluppet, fået et helt nyt kjolesæt med hvid vest samt hvide handsker - så vi var et rigtig flot brudepar.

Vi flyttede i lille hus, i Gedved og siden til Uglev

Vi unge flyttede derefter, ind i et lille lejet hus i Gedved, Hans Jørgen, skulle nu starte som dyrlægeassistent hos dyrlæge Boas.

Vi havde nogle gode år i Gedved, inden vi igen efter 3 år, rykkede teltpælene op, til et videre virke.

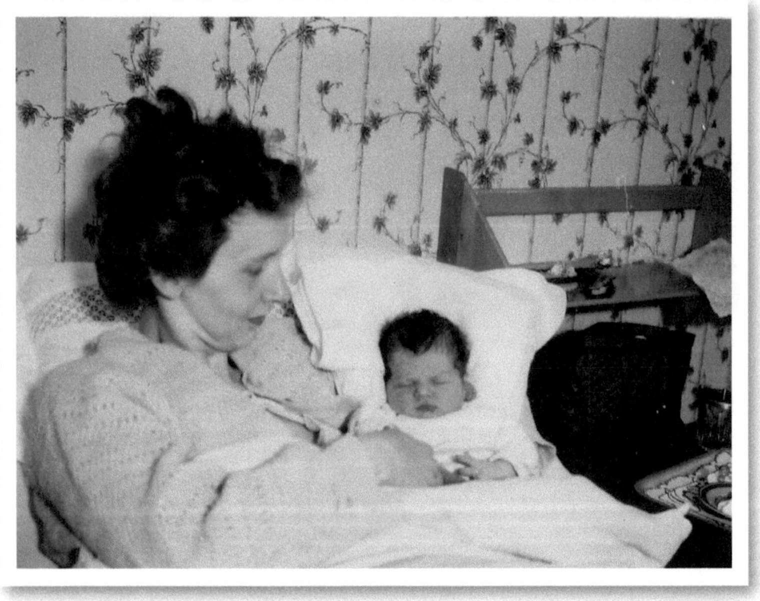

Vores lille datter Lone, på Horsens Fødeklinik

I mellemtiden, havde vi også fået vores lille datter, Lone i -55. Hende gik jeg i hele perioden i Gedved, hjemme og passede. Det sjove i det var, - at inden hendes ankomst, var det lidt svært at komme i direkte kontakt med lokalbefolkningen. Da jeg så gik ture med Lone i barnevognen, skulle alle stoppe op og se, hvad der nu lå - i den barnevogn. En ældre herre, spurgte mig så til, hvad det var blevet? En pige, svarede jeg så. Åh, nej sagde han, 'En dreng, var da møj vildere! '

Vores lille hus i Gedved 1955 - efter Lone's ankomst.
På vejen i højre side, kan man skimte
Købmand Rahbek's butik.

I Gedved boede vi tæt på den lokale købmand, Folmer og Grethe Rahbek. Butikken lå lige nede for enden af vores vej. Købmandsparret, var jævnaldrende med os, men havde ingen børn. Dem kom vi rigtig meget sammen med og holdt også kontakten, vedlige igennem alle årene.

Deres oprindelige butik, er for øvrigt i dag, blevet genopbygget i 'Den gamle by' i Aarhus, som Købmand Rahbek. Det er som at gå ind i en tidslomme, når man besøger den. At butikken i Gedved, nåede at blive ombygget til en mere 'moderne' butik, end da vi boede i Gedved. Det er jo sådan, den fremstår i Aarhus.

Grethe Rahbek, gl. fru Rahbek, Lone, Folmer Rahbek og vores lille Henrik i klapvogn.
Her er vi på besøg hos dem, i Gedved

Vi havde nogle gode år i Gedved, - inden vi igen efter næsten 3 år, rykkede teltpælene op og flyttede helt op til Vestjylland, i en lille landsby Uglev på Thyholm, ved Struer. Her startede Hans Jørgen egen dyrlægepraksis op og vi boede til leje i et' murermesterhus, lige overfor banegården.

Vi fik kort efter ankomsten vores søn, Henrik i 1958, da jeg allerede var gravid, da vi rejste fra Gedved. Efter 3 mdrs. barsel begyndte jeg som folkeskolelærer på Borgerskolen i Struer. Det job, havde jeg allerede fået inden fødslen – så det var jo bare om at komme i gang. Toget tog jeg hver morgen, ind til Struer og retur igen. Det gjorde jo så dette, at vi måtte have en ung pige i huset – både til at varetage børnene, huset samt telefonpasningen.

Den første pige, vi fik, - var Grethe Thorsen. Hun var bare 14 -15 år og fra en af HJ's klientgårde. Selvom hun var vaks, var Hans Jørgen ligesom nødt til, - især i begyndelsen, at komme hjem omkring, for at sørge for sutteflaske og bleskift på Henrik. Grethe havde vi skam i hele 2 år og børnene var meget glade for hende. Vi har i tidens løb, haft over 20 søde unge piger i huset, hos os. Mange af dem, har vi haft flere besøg af - ligesom kontakten stadig er bevaret igennem de mange år, med tilsendte julekort osv.

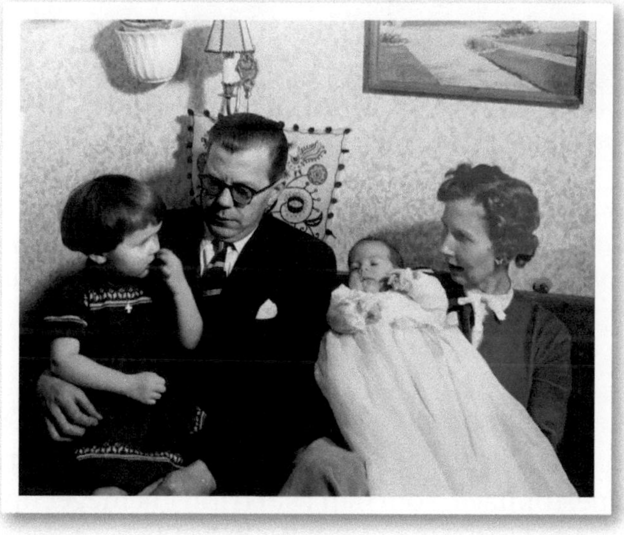

Til Henrik's barnedåb i 1958

Lone kørte som 3/4-årig ofte med Hans Jørgen i vores lille bil, rundt på gårdbesøgene. Hun blev dog noget forkælet med kager og slik, når landmandskonerne kom ud til den holdende bil på gårdspladsen og hev hende med ind i deres stuer. Ofte spillede de nogle lette kortspil, som 'Sorteper' og Lone lærte også bogstaverne i en' bog, et' af stederne.

Lone fulgte tit fra sin barnevogn - meget med i, hvad der foregik omkring hende. Hun vinkede gerne til alle vi mødte på vores ture. Her skal hun lige kigge efter min gode veninde Ingrid, fra Sverige, som besøgte os.

I 1963, byggede vi et helt nyt hus, hvor vi selv tegnede indretningen - længere nede i Uglev by. Hans Jørgen fik der en kæmpestor have, som han i sin fritid gik meget op i. Altid, var den passet til punkt og prikke. Et besøg med rundvisning af 'Havekredsen' oplevede han derfor også.

Vores lejede hus i Uglev, hvor vi boede i underetagen, Ovenover boede enlige kogekone Dagmar. Hun fungerede næsten som en bedstemor for vores 2 børn. Udenfor huset holder vores lille grønne firmabil.

Ved siden af os var Købmand Krabbe. Et butik, som Lone færdes i siden sit 3. år - og kom også med på landture, når varer skulle køres ud til alle landmændene.

Jeg forblev i mit fag i hele 34 år, hvilket jeg har været rigtig glad for. Først på Borgerskolen og siden, fulgte jeg med, da en ny skole 'Parkskolen' blev bygget. Det var Hans Jørgen, som var så forudseende, at han sagde: Skynd dig, at søge stillingen, det er bedre at du følger med dertil og har chancen, for at blive (i stillingen). Da den nye skole lå udenfor Struer midtby, fik jeg mig en lille bil. Det blev en lys Folkevogn. Siden, havde jeg i årene derefter, altid min egen bil. Jeg kørte hver dag turen til Parkskolen og hjem igen. Jeg forblev i lærergerningen indtil jeg gik på pension, som 60-årig, i 1991. Da havde jeg allerede været enke i 2 år, men det er en helt anden og længere historie...

Vores hus på Siriusvej 4, blev det allerførste opførte hus. Siden blev hele vejen rundt bebygget. Jeg bor nu som 93 årig, stadigvæk i huset.

Her sidder vi i min stue - hvor mine kusine Rigmor og Ellen samt Rigmor's datter Kis, er på besøg. Barnebarnet Jon titter frem bagved (se også kusinerne på side 41)

Her er mig med min yngste barnebarn Christian,
hvor vi kigger på nyeste billeder, 2023

Eva og jeg, som har brugt mange, mange timer i
at få færdiggjort bogen, her.
Det været et rigtig godt spændende samarbejde.
1000 tak for det, Eva.

Undervejs, er jeg kommet i kontakt med flere relationer,
hvor gamle minder og fotos er dukket op.

Mit håb er, at bogen kan inspirere andre til at samle
informationer omkring deres egne familier.

Lone Birgitte Bavnhøj
Efteråret 2024

Illustrationer og fotografier

Alle illustrationer i denne bog er genereret ved hjælp af kunstig intelligens i årene 2022-2024 med programmet Image Creator in Bing.

Fotografierne stammer fra et personligt familiearkiv.

Efterskrift: Anna- Ruth blev natten til fredag morgen 4. oktober ramt af en' hjerneblødning og gik bort tirsdag aften 8. oktober. AR - som selv sagde: Jeg har levet et godt og sorgfrit liv!

Anna-Ruth's smukt pyntede kiste i Odby kirke, fredag 25. oktober 2024

Anna-Ruth Bavnhøj, 93 år
(født Petersen)
3. marts 1931 - 8. oktober 2024

Har boet på Thyholm, ved
Struer - siden 1957

Gift med dyrlæge
Hans Jørgen Bavnhøj
(1929- 1988)

2 børn og svigerbørn
5 børnebørn
6 oldebørn

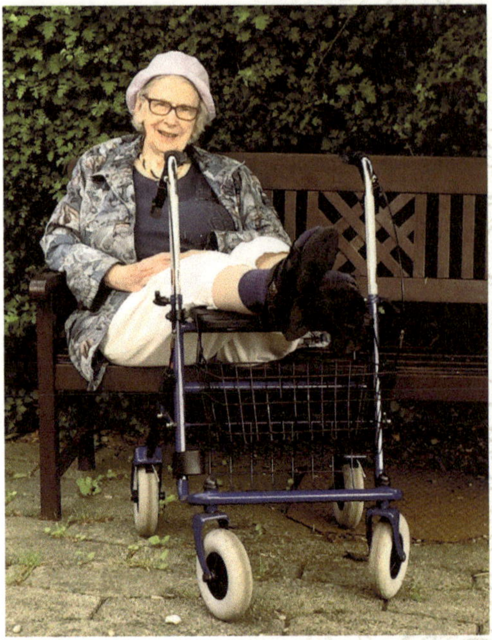

Anna-Ruth har været folkeskolelærer i 34 år
Altid været kreativ med bla. malerier og deraf flere kunstudstillinger
Anna Ruth afholdt flere foredrag omkring mormonerne (HJ's slægt)
samt omkring sin egen opvækst.

"En historie, der er et godt billede på en svunden tid på byens missionshotel i Herning før 2. verdenskrig.
Den er meget personligt og levende skrevet – især med fortællinger om feriebarnets oplevelser. Opholdet i Sverige er også yderst levende beskrevet med mange små eksempler på hverdagen og forskellene mellem Danmark og Sverige.
En dejlig personlig fortælling, der gør, at man efterfølgede føler, at man 'kender' forfatteren."

Anita Zacho Villadsen